Los lugares verdaderos

Gastón García Marinozzi

Los lugares verdaderos

ALFAGUARA

El papel utilizado para la impresión de este libro ha sido fabricado a partir de madera
procedente de bosques y plantaciones gestionadas con los más altos estándares ambientales,
garantizando una explotación de los recursos sostenible con el medio ambiente y beneficiosa para las personas.

Penguin
Random House
Grupo Editorial

Los lugares verdaderos

Primera edición: marzo, 2022

D. R. © 2021, Gastón García Marinozzi
c/o Schavelzon Graham Agencia Literaria
www.schavelzongraham.com

D. R. © 2022, derechos de edición mundiales en lengua castellana:
Penguin Random House Grupo Editorial, S. A. de C. V.
Blvd. Miguel de Cervantes Saavedra núm. 301, 1er piso,
colonia Granada, alcaldía Miguel Hidalgo, C. P. 11520,
Ciudad de México

penguinlibros.com

ISBN: 978-607-381-119-4

Impreso en México – *Printed in Mexico*

No está en ningún mapa. Los lugares verdaderos
nunca lo están.
HERMAN MELVILLE, *Moby Dick*

Entre las cosas que creamos para que les sirviera
de consuelo, el amanecer da buen resultado.
JOHN BANVILLE, *Los infinitos*

De cien kilos es el corazón de la orca, pero no le pesa.
WISŁAWA SZYMBORSKA

Mañana

1

Al cabo de un tiempo, un matrimonio es una sucesión de listas. De los buenos momentos, de las cosas malas, de los viajes y de las fotografías, de canciones, de comidas, de dietas, de números de teléfonos, de los tuyos y los míos, de casas para alquilar, de hipotecas, de coches para comprar, de invitados a la fiesta, de bancos donde ahorrar un poco de dinero, de gastos divididos (de manera detallada: uno paga la luz, el gas, la señora de la limpieza; el otro internet, el agua, el seguro del auto). Una lista de nombres para los hijos, la lista del supermercado. Una lista de libros y de discos, los tuyos y los míos. Una lista para las vacaciones. Otra para el futuro. Una lista de las veces que quisimos decirnos adiós y otra lista de las veces que decidimos disimular y volvernos a decir que esto iba a ser para siempre. Una lista de los lugares del mundo donde podríamos pasar la vejez de la mano, una lista de canciones para el funeral. Una lista de los muebles, cuál se queda cada uno, una lista de empresas de mudanza. Una lista de abogados. Una lista de las listas tuyas y otra lista de las mías. Una lista que una todas las demás.

Son las cuatro de la mañana y un sucedáneo de listas despierta a Pedro que, con una oreja aún hundida en la almohada y entre las sombras de la noche, observa el pelo revuelto de Ana que duerme a su lado. De los quince años que llevan juntos, Pedro Ruiz puede buscar y encontrar, entre las trampas de la memoria, el cansancio y el olvido, otra lista con las escenas de amor, pasión y compasión, que son, piensa, de las mejores cosas que tiene en común con Ana. Algunas no han sobrevivido al tiempo, pero otras siguen impolutas al paso de los años. La lista del amor que nunca se acaba. La lista de la resistencia de la vida: alguna canción en el piano, las veces que duermen abrazados guarecidos de la lluvia del verano, los juegos en el sillón, las noches en las que se extrañan. Las veces que se excita, piensa Pedro, las veces que el mundo depende de su ausencia fugaz. O cuando se despierta de madrugada, como ahora, y vaga por la casa. De alguna manera, lo sabe Pedro, esa es la mejor parte de lo que es ahora este matrimonio, lo que sucede cada vez que Ana existe solo en su mente, cuando ella se va por un rato de la casa, tal vez por un café, acaso a comprar algo, o tiene función, y puede masturbarse tranquilo. Cada día Pedro Ruiz se despierta a las cuatro de la madrugada. Su jornada empieza un poco más tarde: la primera clase la tiene a las siete, así que le bastaría con levantarse un hora antes para llegar a buen horario al club. Pero a las cuatro de la madrugada, cada día, sea martes, miércoles o domingo, Pedro salta de la cama. Siempre. Deambula un rato, piensa en cualquier tipo de cuestiones. Últimamente todo tiene que ver con Ana. Con Ana y con él. Pasea unos minutos por la amplia casa, va al baño, y se vuelve a dormir.

Hay un reloj, piensa Pedro, que salta en medio de los sueños como si quisiera recordarle que nada tiene mucho sentido, y que la realidad es esta, que le dice que no se deje llevar por los engaños de las sirenas del mar de la noche. Que la parte más ridícula de contar una historia es el comienzo, como en una película, un libro, como el día. Empezar el día de madrugada, temeroso, pero también con el alivio de liberar la vejiga.

Pedro despierta súbito, como si sonara una alarma que marca el fin de algo que acaba de caducar, o de morir. Observa a Ana, el pelo, su cabeza volteada y el suave ronquido de un incipiente resfrío. Sale de la cama. Algo de nosotros muere cada noche, se dice. Lo sabe. Solo que no lo percibimos, se dice a sí mismo, y seguimos viviendo con estos restos de nosotros, como dos ballenas muertas flotando en el océano, como el muerto en el cajón, en nuestro propio cuerpo. Como los muertos malolientes de nuestras relaciones, piensa. Que cargamos, los llevamos al cine, al teatro, convivimos con ellos e incluso los sentamos a la mesa de nuestros últimos aniversarios.

Todo amanecer conlleva un corazón que late. Cualquier historia de amor tiene, como el alba, un núcleo que encuentra su palpitar en una pregunta que le da sentido. Responder esa pregunta da razón y vida a ese amor.

El último día, sin embargo, en ese centro un órgano late lento, carrasposo, con un pulso de campanas herrumbradas, de motor silente. El amor muere a la manera de las ballenas, en silencio, poco a poco, aplastado por su propio peso, encallado en una playa lejana, irreconocible, en una noche triste de invierno.

Así como la escasa luz confunde noche y día, hay un momento del amor en el que no se diferencia de una enorme montaña de carne y huesos y dientes tirada al borde del mar. O dos montañas, una para cada quien. Yace en el próximo olvido, imposibilitado de regresar al agua. Las ballenas extraviadas arrastradas al estuario del final, sangrando por las heridas, dispuestas a explotar y expulsar toda la basura convulsionada de su interior.

¿Qué preguntas pueden responder dos ballenas a punto morir? ¿Qué respuestas tienen los amantes, a la hora de las despedidas?

Ahora, levantado en medio de la oscuridad de la noche y del frío del invierno, recuerda una obra de teatro que vieron hace un par de años, un monólogo de una mujer en la madrugada. Ana tiene unos cuadernillos donde enlista las películas que ven, las obras de teatro a las que van, las exposiciones que visitan. Pega los folletos de los museos, anota el título, la fecha, datos cualesquiera, quién la dirige, quién actúa. No suele calificarlas a no ser que les encante. Y el comentario suele ser así de simple y cómplice y en plural: nos encantó. En plural y en pasado, en pasado y en plural, como hablan todas las parejas a punto de la implosión.

Hay suficientes pinturas, cine y teatro anotados en varias libretitas acumuladas en quince años. Aquella obra se llamaba *4.48 Psicosis*, recuerda Pedro más o menos a la misma hora, minutos más, minutos menos, y el título refiere a la hora pico de llamadas telefónicas a los centros de atención al suicida en Inglaterra.

Esa hora, esta hora de la madrugada es, según las estadísticas, el momento cúlmine de la desesperación, el de los gritos de ayuda de quienes pueden gritarlo, o el suspiro de despedida para quien no puede agarrar el teléfono.

Explican los especialistas, que a partir de las cuatro de la mañana, dejan de hacer efecto las benzodiazepinas que se engulle la gente para dormir. La mente salta como una alarma atormentada y de pronto se topa, en la oscuridad de la noche, quién sabe si sin nada, pero al menos sin nada que le haga sentido. En la libreta de películas y obras de teatro de Ana calificó a *4.48* con un Nos encantó. Cuando leyeron la reseña en el periódico, se enteraron que la autora de ese monólogo se había suicidado, y que esa obra quería ser un último grito de auxilio.

Piensa Pedro todo esto ahora que son las cuatro y pico de la madrugada, cuatro y cuarto, o cuatro y cuarenta y ocho, no lo sabe bien porque no necesita consultar el reloj. Cuando se despierta, como lo hace cada día, no lo hace abrumado. Él no toma benzodiazepinas ni nada similar. Despierta así cada día. No es algo que le preocupe, no hay gritos ni desesperación, piensa Pedro, pero hoy, justo hoy, tiene el recuerdo de esa obra de teatro, pero sabe que no es más que una evocación de un recuerdo bastante grato, hermoso, diría Pedro.

Esas salidas con Ana, ese tiempo juntos, y en especial, recuerda ahora, la puesta en escena y la actuación de la actriz, les parecieron sobresalientes. Les encantó, como dijo Ana, en plural, a los dos, en pasado, Nos encantó.

Pedro cree que esta manera de despertarse así, de repente, sin aviso, sobre todo de esta manera y lo que piensa esta noche, es la alarma de algo que está dejando de funcionar, una batería a punto de desfallecer. Vamos, se dice Pedro, mientras se toca la barba de pocos días, esta vez no puede ser como siempre. Estas cuatro de la mañana no son las mismas de todos estos años.

Ahora mismo, Pedro siente una nostalgia también inmediata, pero que también inmediatamente se difuma. Así cada noche. La exactitud del reloj dentro suyo. Y cuando salta, porque él salta de la cama, se eyecta, y ve la oscuridad como un manto sobre todos ellos, estira la mano para tocar el cuerpo de Ana, con todo el esfuerzo del mundo por no despertarla, como si acariciara las trizas de un pájaro herido.

La toca con las yemas de los dedos. Comienza por el muslo, sube por la cintura y recorre parte de la espalda hasta el hombro. Le da un beso suave y por fin se levanta. Así es su despertar a las cuatro de la mañana, cada día. Un susto, una nostalgia, el amor de Ana, el recuento de los muertos, la oscuridad de la casa, la respiración rasposa del perro a los pies de la cama. Se levanta, va al baño y regresa, se tapa con el edredón y duerme, no sé si feliz, porque a él y a la gente les gusta poco esa palabra, no sabe por qué, pero sí contento, o al menos puede decir que sosegado en la virtud de la calma.

En esos momentos, cada vez Pedro recorre los veintisiete pasos que separan la habitación de su baño, que no es el de Ana, porque el de ella da a la habitación. Observa cómo lo mira el perro, fastidiado por haberlo despertado. No es hora de comer, le dice. Alcanza a ver por las ventanas del pasillo de arriba las luces encendidas en la planta baja. Una noche como esta, es una noche oscura y fría, pero la escalera se ilumina con el tintinear de las lucecitas de colores del árbol de Navidad. Pedro mea, sacude el pene y antes de guardarlo dentro del piyama, lo observa y lo sostiene y lo menea un rato, esperando que surja una erección. Pero no. Baja a la cocina por un vaso de agua. Escucha que el perro bosteza, se estira. Ana no se inmuta.

En la sala mira el piano iluminándose en la intermitencia de las luces de las fiestas, que en un destello fugaz cubre de una verbena tímida pero falsa, no solo a este piano, y a toda la historia de ese piano en esta casa, sino también esos focos rojos que al encenderse y apagarse, junto a los verdes, los azules y por supuesto los blancos, hacen aparecer, y de pronto desaparecer, la escena de la casa y las cuatro paredes de la sala: las fotos de los viajes, los sillones hechos para el abrazo, el florero roto, y las pilas de cajas de discos, de libros, todo listo para la mudanza.

Antes de volver a la cama, a su lado que ahora ocupa el perro, apaga las luces del árbol. Oye fuera un viento suave, pero que sabe helado. Como la respiración resfriada de Ana. Tendremos un día largo, piensa Pedro. Los 24 de diciembre siempre son largos, lo sabe. Esta noche es Nochebuena, y mañana cumple años. Cuarenta años. En un rato se irá a dar clases, luego al aeropuerto a buscar a una amiga.

Al mediodía verá a su padre. Luego, Ana irá al super, prepararán algo para llevar a la cena, enfriarán las botellas recién compradas, manejarán dos horas hasta la casa del mar y todas esas cosas, y en algún momento, piensa Pedro, teme Pedro, se tendrán que mirar a los ojos, Ana y él. Ana y Pedro se mirarán a los ojos, harán un repaso de amor y despedida y tal vez se den la mano, un beso, un abrazo, para decirse adiós para siempre, en unas horas, en la última noche buena juntos.

En unas horas Ana saldrá, y Pedro se masturbará como lo hace cada vez que ella no está. Imaginará que acaba en su vientre. Se jalará con fuerzas en el lavamanos del baño de abajo, escuchará cuando ella llegue, se estacione en el garaje, baje las compras, cierre la puerta con un golpe de cadera, y ponga la alarma, mientras hable por teléfono con no sabe quién. Él recogerá las gotas con papel higiénico y se limpiará con agua y jabón antes de salir, y la saludará, aunque ella no lo escuche porque llevará los auriculares del teléfono puestos.

Dejará las bolsas del súper al lado de las cajas de la mudanza, las abandonará en el suelo junto a este territorio que no ocupan desde hace días, donde pusieron el árbol de Navidad, como cuando en la guerra se planta una bandera blanca en medio de un paisaje derruido, y que con su presencia, con sus lucecitas que se prenden y que se apagan, transmutó ese espacio de sus vidas. Ese espacio de la casa, la entrada, que en estos momentos se convierte en el pórtico de las despedidas.

Nadie sabe qué hacer con la presencia del árbol en la noche del adiós. Es como tener una ballena entre los muebles. Nadie sabe qué hacer con el amor cuando se acaba. El amor cuando se acaba, piensa Pedro, es como una ballena en la sala: nadie sabe qué hacer con eso.

Ana dejará las llaves sobre el piano, y seguirá escaleras arriba hacia las habitaciones. No lo saludará, acaso porque no lo ve o porque estará demasiado concentrada en su conversación. Mirará las cajas, ella subirá corriendo sin siquiera mirarlo, y él que se apurará para verla de atrás, por esa falda apretada, corta, que se pone hoy, y esas medias gruesas de color verde, que le marcan las piernas, que aún le fascina, como la primera vez que la vio hace casi veinte años, tanta vida, entrando a una fiesta, y esa fascinación que sobrevivió a todo el fracaso de su matrimonio, que pervive día a día a lo largo de los años, sosteniéndose endeble como torres de cajas de cartón de libros olvidados. Ana pasará a su lado y la olerá y la sentirá y escuchará hasta las partículas del aire que rompe a su paso.

Pedro observará que ella compró algo de verduras, dos botellas de champaña, y un postre de merengues para llevar esta noche a la casa del mar, donde convocaron al grupo de amigos para celebrar por última vez, juntos, la Nochebuena y su cumpleaños. Lo de celebrar el cumpleaños es algo relativo, porque nada se superpone a la cena de Navidad. A la hora de los presentes, nadie sacará un segundo regalo para desearle feliz cumple, será, como siempre ha sido desde hace treinta y nueve años, una secuela imprevista, casi indeseada, de la otra gran fiesta.

Su madre siempre contaba, cuando alguien aludía a que también es el cumpleaños de Pedro, lo hizo cada año de los últimos treinta y ocho años, que aquella noche en la que nació Pedro fue una noche horrible, que les arruinó una cena de Navidad muy especial.

Durante algún momento de este 24 de diciembre, Pedro, recién masturbado, mientras Ana habla por teléfono en la parte de arriba, sacará el helado de la bolsa del súper y lo guardará en el freezer. De las demás bolsas sobresaldrán los picos de las botellas y el tronco de un apio que se inclinará sobre la caja de libros que forma una torre pequeña y descuadrada. Todas parecen tumbadas, descuidadas, y a su manera, de ahí la palabra que se le ocurre a Pedro, se parecen a las tumbas abandonadas de un cementerio cerrado.

Ana seguirá al celular por un largo rato, celebrando lo que parece ser un chiste o al menos algo muy gracioso que le dicen del otro lado, porque su risa será estruendosa y hará ladrar al perro. Porque a veces ella se ríe así, y a pesar de todo era él, pensará Pedro, el que a veces la hacía reír de esa manera.

Por la tarde, observará Pedro las cajas, el árbol, la ballena, el amor, como observa ahora en la madrugada a su alrededor antes de volver a la cama. Son varias cajas que forman tres o cuatro torres débiles con la primera parte de la mitad de una biblioteca, la suya, que desde hace dos días va amputándose libro a libro, acomodados de uno en uno y en orden alfabético en cajas, que conforman una lista de lista de autores y títulos que llevan escrito en rojo sobre la tapa de cartón, según corresponda, las letras y los números 1/A 2/B1, 3/B2, 4/C, 3/D y así hasta llegar a las última torre. De la caja de la T, entreabierta, sobresale el catálogo de la exposición de Turner en el Prado, que ahora Pedro no se atreve a abrir, pero acaricia el lomo y observa las luces de la noche fagocitando un barco que se pierde en el mar. El cuadro se llama *Peace*, a pesar de las aguas bravas de cualquier madrugada. Pedro encuentra ahora otro libro, uno de los que leyeron juntos hace algunos años, pero ahora no se acuerda de qué se trata, porque él nunca recuerda los libros que lee, ni las películas, ni las obras de teatro que ven juntos. Esta la razón por la que Ana empezó a llenar cuadernillos con listas.

Sin embargo, no olvida, eso sí que no olvida, los momentos con Ana en los que leían o veían la tele o hacían cualquier cosa, unos pegados al otro. Juntos, en presente y en plural.

Así, años. Así, cada día. Como casi cada día de estos últimos quince años.

La lista de Ana de Pedro: cuando canta, claro; sus manos pequeñas con las que nos agarramos cuando salimos a correr, cuando entramos a la casa, cuando el mundo es demasiado grande para nosotros dos, su cuerpo, sus piernas. Esa sonrisa cuando está relajada; la manera en la que maneja; me gusta la manera en la que toma el manubrio con las dos manos y hace fuerza con los ojos; cómo se baja del coche, cómo camina, cómo me calienta. Cómo se ríe a carcajadas con mis chistes bobos. Las listas que hace de nosotros dos. Las listas del futuro. La lista de las comidas que no le gustan. Lo que vamos a hacer este año. Lo que vamos a hacer en cinco años. Lo que vamos a hacer de viejos. Y así.

Pedro no recuerda ahora cuándo fue la última vez que hicieron una lista juntos. Hace tiempo que ya no hacen listas. Deben estar escritas por ahí, entre las páginas de los libros que ya no sabe de qué se tratan, o entre las libretas de las salidas al cine y al teatro. En su lista de Ana están

20

sus listas. Ahora, como la niebla pesada de la ilusión, es una lista vacía o con un solo pendiente: sobrevivir. A los años, a la vida juntos, a la capacidad de soñar con ellos en una playa en el invierno, con la virtud, la posibilidad de ser, de alguna manera, felices.

Pedro destaca de su lista de Ana la puesta en escena, cerrada e íntima y solo suya, que hace cada vez que va a ducharse, la media hora que demora en el baño de la habitación, que es solo suyo, el olor y el vapor que invaden la casa cuando acaba. Su lista de cremas y jabones que hay que comprar si viajan al extranjero.

Si hace silencio, ahora en la madrugada de la planta baja de su casa, Pedro oye respirar a Ana que duerme un piso más arriba, cubierta por el edredón de rayas que ya acordaron que se lo puede quedar ella. Él se va a quedar con los de IKEA.

En un rato, cuando despierte, oirá cómo se encierra en el baño. Oirá una canción a lo lejos, tan lejos como puede estar la habitación donde fue esta vida de las dos vidas juntas, de tantos días y tantas noches y tantos años seguidos. La música sonará como la canción de las despedidas. Pero Ana estará encerrada en su momento dulce de la lluvia caliente del baño. Murmurará la canción, una canción que invadirá la casa. Pero él ya no reconocerá esa melodía.

Desde hace un tiempo viven la etapa en la que cada uno sabe canciones que el otro no conoce. Ana, en este momento, canta una canción que en esta casa solo le pertenece a ella.

Pedro está seguro, lo sabe, que ahora mismo ella desliza su cabeza hacia atrás, dejando que el agua empape todo su pelo largo. Hoy será un día largo, piensa Pedro. Hoy es Nochebuena, mañana cumple cuarenta años, y pondrán en marcha la mudanza.

2

Pedro Ruiz, que mañana, día de Navidad, cumplirá cuarenta años, sube a buscar unas últimas horas de sueño antes de empezar la jornada, desayunar un café sin azúcar, comerse una manzana y salir a dar clases de natación, como lo hace cada mañana desde hace ocho años. Y a vivir el último día con Ana.

Lo piensa, lo sabe, y a la vez ese es un pensamiento, un conocimiento que quisiera censurar, borrar, eliminar, pero al mismo tiempo, en las contradicciones propias del último día, quisiera adelantarlo, que ocurra lo antes posible, que todo pase, de pronto, por fin, ya. Que el último día de su historia con Ana acabe de amanecer y por fin anochezca, acabe, muera, y con todos los rituales necesarios, enterrado bien enterrado, como las ballenas muertas en el profundo oscuro del mar.

Mañana, 25 de diciembre y día de su cumpleaños número cuarenta, despertará con la resaca propia de días así, y como le ha pasado en todos los años de su vida, nadie lo llamará temprano para decirle feliz cumpleaños, casi nadie se acordará de que este día también es el suyo, y poco a poco algunos irán cayendo en la cuenta de que además de Navidad, es el cumpleaños de Pedro. Para eso estaba Ana, para despertarlo con un beso de cumpleaños, un beso de buenos días, un beso de Navidad.

Pero mañana, a esa hora en la que él despierte, solo con el perro, Ana estará viajando en un avión, volando lejos de la casa que han comprado, remodelado, la casa que han hecho a su imagen, la que también a su imagen empezó a ser carcomida por las termitas, la humedad, la casa con sus árboles, su pequeño patio, el piano, las listas de las listas, la casa que han habitado día con día, con un perro que no entenderá por qué Ana no está dándole los besos de feliz cumpleaños a Pedro.

Ahora son casi las cinco, el despertador sonará en una hora. Se pregunta si vale la pena volver a la cama, sacar al perro de su lugar, meter el cuerpo bajo el edredón y sentir el calor de Ana a su lado, el olor de su pelo, el rumor de su respiración a punto de resfriarse, saber que esta hora es la última hora de Ana, con Ana, para Ana.

En la duda sobre si regresar a la cama caliente y oscura, Pedro recorre ahora mismo cada espacio en la penumbra. Se asoma al cuarto, donde Ana duerme, mira al perro a su lado, plácido como pasan la vida los animales que desconocen el futuro, su futuro, un futuro, el del perro, que tampoco está definido. Han decidido sobre los edredones, la mesa de la cocina, las sillas rojas, los cuadros, los sillones, las cajas de discos y libros, lo que queda de las deudas comunes, pero no se atrevieron nunca a hablar de con quién se queda el perro. Alguna vez Ana dijo que se plantearan un régimen de visitas, como si fuera un hijo. Pero Pedro sabe, a pesar de que ahora los ve durmiendo juntos, que Ana más pronto que tarde se lo va a dejar, porque en el fondo nunca quiso tener perros. Ella siempre fue más de gatos.

Pedro camina hasta el estudio que usan para ver la tele, el cuarto de los invitados, y observa las paredes pintadas en tonos suaves que eligieron cuidadosamente, una selección que les llevó casi tres semanas. Ve los techos y descubre las vigas de maderas llena de huecos, henchidas de termitas que las carcomen desesperadas, sigilosas, desde hace vaya a saber cuánto tiempo. Un tiempo que tiene que ser el suficiente como para llegar a este estado, y descubrirlas, de pronto, en esta madrugada.

Busca en el cajón de abajo del escritorio una linterna. Ilumina y se sorprende por lo roído que está el techo. Indaga toda la planta alta alumbrando sobre su cabeza. Entra otra vez a la habitación. Cuida de no despertar a Ana con la luz. El perro se levanta. Pedro sale y sigue su recorrido, y el perro lo acompaña. Va mirando hacia arriba, lo hace con sigilo, con atención, como si estuviera descubriendo esta casa que ellos mismos diseñaron e hicieron construir. Cuánto tiempo pasamos, se pregunta Pedro, sin ver el techo de la casa. Uno construye una casa, se dice Pedro, y nunca más vuelve a observar lo que la sostiene. La pinta, la llena de cuadros, de luces, del ruido del perro, del día a día y cuando vuelve a mirar hacia arriba, ve que el cielo raso es un cielo cubierto por las nubes.

Y ve, penosamente asombrado, que hay huecos por todos lados. Huecos pequeños, pero en gran cantidad, por toda la madera, toda la casa. Habían discutido con el constructor lo de los tirantes, si de madera o de hierro. El hombre insistía en que la madera traería estos problemas, Pedro y Ana insistían en que preferían la calidez que daba el algarrobo, y se prometieron, como tantas promesas, estar atentos a cuidarla y darle el mantenimiento. Nunca lo hicieron.

Ahora las carcomas, las termitas, empiezan a consumir la casa por la cubierta. En el silencio de la madrugada, Pedro ya no oye la respiración a punto de resfriarse de Ana. Cree oír a todos estos bichos mordisquear los tablones. Los escucha. Teme que esto sea más peligroso, como son peligrosas las cosas que nos madrugan, de un momento a otro. Toda sorpresa es un peligro, piensa Pedro, y se pregunta cómo fue que llegaron a esto, por qué nunca lo habían visto. Ana jamás habló del tema.

Ella tampoco está enterada de que la casa está a punto de caérseles encima. ¿Cuánto tiempo llevamos con esta decadencia viviendo entre nosotros?, piensa Pedro, y mira al perro, que a su vez lo observa con un gesto de seriedad, y le dice en voz baja: ¿cuánto demorará en derrumbársenos todo?

Se sienta en el cuarto de los invitados, donde los cuadros descolgados han dejado una marca en la pared. Ve la tele envuelta con una frazada y largas tiras de cinta scotch marrón. Lista para la mudanza. La tele queda para Pedro. Piensa que ese tono crema de los muros nunca le gustó del todo. Pero Ana insistía. Fueron una o dos semanas de no decidir por un color. No saben pelear. Y sabe Pedro cómo son esas discusiones: se empieza por un color en la pinturería y acaban discutiendo en el estacionamiento, treinta minutos después, sobre el destino de la vida, el mudarse de país, si tener o no tener hijos y de culparse porque la carrera de uno de los dos, o las de los dos, no despegó por culpa del otro. Cosas así, por el color de la pared.

Ese color que ahora se ve deslavado y con la marca de los cuadros, de las fotos, con el rasgo de las pinturas que dejan su rectángulo blanco como esas marcas blancas que hacen los policías alrededor de los asesinados en la calle. Piensa Pedro que esos asesinados, ese registro de los muertos que son ahora, en la madrugada en la que él está parado con una linterna en la mano, en calzoncillos y con el perro al lado, es el vivo muestrario del vacío en el que puede convertirse un hogar.

Se sube a una cama para ver de cerca las vigas carcomidas y se ven peor. Hace un ruido sin querer, y el perro se inquieta. ¿Habías visto esto?, le pregunta. El perro no responde.

Bajan, toman agua y el animal se acerca a la puerta, quiere salir a la calle. Pedro le responde, en voz baja, que son las cinco de la mañana, que es de noche, que afuera hace frío. Pero el animal insiste. Se pone un abrigo y salen. El perro mea en su árbol favorito, un álamo que sufre el invierno con decencia y que está a media cuadra de la casa. Pedro observa la calle vacía, algunas casas iluminadas con arreglos navideños, un papá Noel inflable medio desinflado, colgado de una ventana de un segundo piso, sin demasiadas fuerzas, por lo que no se sabe si pretende entrar, o está escapando.

Todo es silencio en esta calle que han habitado juntos, Ana, el perro y Pedro, durante tantos inviernos y veranos, cuando el álamo se pone verde y frondoso. Un silencio que se rompe cuando un coche pasa a unos veinte kilómetros por hora, con un pino de Navidad atado en el techo.

¿Quién puede andar un 24 de diciembre a las 5 de la mañana con un árbol en el techo del auto?, se pregunta Pedro, que no puede soportar la idea de que alguien deje las cosas para último momento. Él, al que se le está cayendo la casa, piensa en la irresponsabilidad del hombre que lleva un pino de Navidad el 24 de diciembre. Pero no es ahora cuando ensamble ambas ideas. El del coche pasa lento, y los dos se miran fijamente. Pedro emite un juicio sobre el desconocido. El conductor lleva una gorra de lana roja y un suéter grueso azul. Va fumando. Tiene las ventanas cerradas, a pesar del humo. Lo mira, podríamos decir, con pena. Él, que lleva con normalidad un pino atado al techo del auto a las cinco de la mañana de un 24 de diciembre y tiene claro de dónde viene y a dónde va, mira con extrañeza a Pedro, un tipo todo despeinado, con el casco de moto puesto y en calzoncillos, con una parka marrón tan gruesa como un edredón, y un perro atado a la correa, que sentado al lado de su amo, observa la escena como quien estudia a los locos. Regresan a la casa. Por primera vez siente miedo de que las termitas aceleren su trabajo y se les caiga el techo. Asume que también es un irresponsable. No quiere saber qué le parece peor, si andar con un árbol de Navidad a última hora, o dejar abandonada una casa. Estamos hechos para que los momentos más graves de nuestras vidas estén atravesados por dudas infaustas, que de alguna manera nos justifiquen y, a la vez, nos refugien.

El hogar se ha convertido, de un momento a otro, en un lugar no solo inseguro, sino verdaderamente peligroso. Todo puede caerse ahora mismo. Cerrar la puerta, y pum. Todo se viene abajo como un castillo de naipes, unas cajas de la mudanza mal acomodadas. Las maderas podridas, el techo enclenque; no hay brazos que puedan sostener todo esto que, de un momento a otro, de repente, va a desaparecer.

Pedro piensa que al menos lo descubre en el último día de la convivencia con Ana. Podrá compartir con Ana el susto y la responsabilidad. Se mirarán, se dirán algo así como te lo dije, esto también lo hemos descuidado; harán un gesto de compasión o de cobardía, que no siempre son fáciles de distinguir, y seguirán en la marcha del día hacia la última Nochebuena.

Lo sumarán a la lista de miedos: un tsunami, el cáncer, separarse, el dolor, perderse.

Pero Pedro no le dirá nada a Ana. Ana se irá sin saber que la casa está, también, herida de muerte. Lo hablará con la inmobiliaria, tendrá que bajar una buena parte del cobro, pondrá de su parte, pero no quiere enterar a Ana del daño material de esta casa que fue la suya, por la que eligieron cada esquina, cada madera, cada color para cada una de las paredes.

Ojalá que no se caiga hoy, piensa Pedro. Hoy no, que es 24 de diciembre, ni mañana que es su cumpleaños. Pero le da miedo entrar. Se detiene un segundo antes de abrir la puerta. Se frena en seco y el perro aprovecha para sentarse en la alfombra de la entrada. La que dice Bentornati. Pedro le teme al techo y al sueño de Ana. El sueño de Ana que acaba de un momento a otro, el miedo a verla despertar por última vez, oírla cantar en la ducha una canción que ya no conoce, encontrarse cara a cara en la vigilia consciente del fin del amor.

Abre y entra. El perro sube corriendo las escaleras y se demora unos segundos al lado del calentador del pasillo. Luego va a la cama, y se acuesta al lado de Ana. Pedro demora en subir. Pronto amanecerá. Se sienta en el suelo, al lado de una de las cajas de libros. En la etiqueta dice B-C, son los de Ana, de los autores que comienzan con B o con C Banville o Carrère. Pedro quita la cinta y abre la caja con cuidado. Entre los libros está enmarcado el premio nacional del deporte y un periódico con ellos dos en la portada. Sonríe y algo de calor le llena la cara.

3

Pedro no vuelve a acostarse, se queda sentado en el sofá de la sala. Apoya toda la espalda en el almohadón azul. Abre las piernas. Se recuesta, pone la alarma del reloj. Cuarenta minutos. Siente una erección. Se toca sin ganas, cierra los ojos. Pretende dormirse. No lo logra. Dormita. Una sensación muy natural. Cuántas horas de lo que llamamos amor lo vivimos en ese estado, piensa Pedro. Ni despierto ni dormido. Así es como a veces pasan los años, pero le seguimos diciendo amor. Pedro piensa en el amor. Creía conocerlo. Cree conocerlo. Intenta no dormirse. Cierra los ojos, y vuelve a abrirlos.

Hoy tiene un par de clases, y debe ir al club; nunca llega tarde. Así pasa diez, veinte minutos, confundiendo la vigilia y la visión de las cajas de la mudanza con los sueños, el sexo por despertar, la luz que se abre paso por la ventana, el frío de la casa. Confundiendo sus definiciones del amor, la ternura, la convivencia. La ballena sentada en la sala. Qué hacer con eso.

Cuando suena la alarma del teléfono, ya está de pie. En la cocina pone la cafetera y espera el aroma y el ruido. Se sirve una taza y deja el resto para que se lo caliente Ana, como cada día, como cada año. Como cada uno de los más de cinco mil días que amanecieron juntos, y en los que él pone el café, espera el ruidito del agua hirviendo, el olor que llena la cocina, mientras ella duerme un rato más y luego despierta, se ducha, canta una canción que ambos conocen, y luego baja a la cocina y se sirve un poco de lo que quedó de la cafetera y completa la taza con un poco de leche, a veces normal, otras veces deslactosada, light, de coco, de almendra; eso sí ha cambiado con los años piensa Pedro, mientras se come una tostada, un poco de jamón y una manzana.

El perro baja otra vez, ahora que el perfume del desayuno cubre parte de la casa. Parte de lo mismo, el perro, el café, Ana dormida. Pedro le da un poco de jamón, y sube a cambiarse. Abre el closet con sigilo, y observa cómo Ana se mueve en la cama, y él no sabe si está dormida, despierta, soñando, o dormitando y preguntándose qué es el amor. O qué fue el amor. En pasado. En singular. Pedro la observa y sabe que es la última vez de esta imagen de los dos, él sentado en el sillón de la habitación poniéndose unos calcetines azules, ella doblando la pierna izquierda, debajo del edredón que se va a quedar.

Pedro baja con el bolso del club: en la cocina llena el plato de comida del perro, se encierra en el baño de abajo. Se peina, y luego intenta masturbarse. No puede.

En el momento en el que Pedro está por salir, oye que Ana se encierra en el baño y abre la ducha. Sale y mira la casa desde fuera y ve las ventanas desgastadas, la madera en la misma decadencia que las vigas del interior. Tampoco se había fijado en estas cosas. Hasta ahora. Sube a la moto, y espera un momento que se caliente el motor, lo apura echando más humo.

Tal vez, piensa Pedro, no quiere irse de la casa. Por qué no. Hace frío afuera. Quién quiere salir. Tal vez, se dice, quiera volver a meterse a la cama, decirle a Ana que no salga, que no se vaya, ni de la cama ni de su vida, hacer el amor. Esas cosas. Que ya no se pregunten de qué se trata el amor, que vuelvan a poner en marcha los días juntos, la historia de los dos, de la mano, andando por esta ciudad y por este mundo, con un perro al lado, con las canciones, con los libros puestos otra vez en los estantes de la biblioteca, con los cuadros colgados en las paredes recién pintadas, de otro color.

Apura la moto, y el garage se llena de humo. El mecánico ya le había recordado que debía llevarla a mantenimiento, porque en cualquier momento lo dejaría a pie. Se pone el casco, y sale.

Pedro avanza sobre el pequeño jardín del frente de la casa, baja a la calle, y acelera. Si finalmente se va, lo hace por una razón simple, demasiado simple: porque sabe que no hay a dónde regresar, ni a una cama, ni a una ciudad ni a nada. La moto se desliza ruidosa por el vecindario que sigue vacío y en silencio. Pedro observa los álamos sin hojas. El invierno es más cruel con la luz del día.

Camino al club, suele dar unas vueltas en la moto por las calles internas del parque. Se quita el casco para sentir algo del fresco en la cara, y pasa a baja velocidad entre los pinos, los encinos, los fresnos, los eucaliptos: sabe reconocer cada una de las plantas, las reconoce por las formas de las hojas, el olor que desprenden a la salida del sol, la sombra que expanden sobre el suelo. Tiene una lista de estos árboles que se repite en silencio cada vez que pasa a su lado. Cada día.

Ahora mismo, mientras observa los árboles secos, Pedro recuerda una noticia que leyó en el diario: Encontraron huesos de ballenas en un bosque de Alemania.

Pedro sabe de ballenas. También sabe de plantas. Todo lo que sabe de estas cosas se lo enseñó su padre. Pedro se dice ahora que de lo que no sabe es del amor. Sabe de ballenas. De plantas. De natación. Pero del amor, no.

Hubo una época en la que paseaba por aquí con su padre, hablando de sus asuntos, de la botánica, las ballenas, la paleontología. Les gustaba visitar el botánico o viajar a ver ballenas. Tenían una lista de nombres de ballenas. De tipos de ballenas: beluga, boreal, franca, gris, orca, jorobada, azul, cachalote, zifios, barbadas, o de Groenlandia. Son cetáceos, le diría su padre. Todos esos son cetáceos. Piensa en los cachalotes. En uno en especial.

Recuerda Pedro su cuarto de niño, en la casa de su madre frente al mar, con la pared llena de dibujos de ballenas. Pedro imagina los huesos de ballenas bajo el bosque alemán. Pedro piensa en todo lo que sabe una persona a punto de cumplir cuarenta años. O al menos lo que sabe él.

Pedro se acuerda ahora de su padre, leyéndole un libro que decía que no se sabe bien de dónde viene la palabra *whale*, si del danés *hvalt*, que significa arqueado, o del anglosajón *walwian*, que quiere decir voltear, revolcarse. Pedro quisiera preguntarle a su padre sobre el amor. De dónde viene la palabra amor. Y a dónde va. El amor es caos, es imposible. Hablar de eso no tiene mucho sentido. Hablar tanto de ballenas, tampoco. Por eso le marcó la hoja de esa parte del libro que le leía por las noches donde dice: hablar de ballenas es imposible, es como clasificar los componentes de un caos.

Así el amor.

Pedro dibujaba ballenas. Nubes con forma de ballenas. Las ballenas bíblicas, el monstruo del libro de su padre. Lo recuerda ahora, mientras avanza en su ruidosa Vespa, pensando que él también era bueno para eso. Y va, en medio de un bosque en una ciudad vacía, observando la tierra, mirándola con detenimiento, pensando sobre qué huesos caminamos nuestras vidas.

En este paseo, además de conocer a detalle la vegetación, pensar en las ballenas, en su padre, en irse de la casa, Pedro sabe reconocer muy bien a la gente con la que se cruza, que son para él otra especie a clasificar.

Son pocos los madrugadores. Pero consecuentes. Un alto porcentaje, acaso un setenta u ochenta por ciento, calcula Pedro, pasa también a diario por aquí, y todos los días se saludan, sabiendo poco uno de otros, cómo se llaman, qué hacen. Para todos, Pedro tiene una historia. En las noches, le gustaba llegar a la casa y contarle esas historias a Ana. Hace mucho que no lo hacen. Pedro piensa en este tipo de momentos, y los anota en la lista de las cosas que no volverán a hacer juntos. Esta lista es extensa y no cabe en ningún papel. Es una lista triste pero no dramática, porque así es la manera en la que han podido decirse adiós.

Decirse adiós como lo hacen las ballenas, cuando varan en una costa lejana. No se sabe cómo llegaron allí. Ni su padre tenía explicación para eso. Los científicos no tienen todas las respuestas. Pero las ballenas en un momento de su vida llegan ahí, y allí se quedan, ante el misterio irredento del fin, como el fin del amor, que muchas veces puede ser tan misterioso e inaprensible como la resignación de un animal harto de nadar contra la corriente, arrastrado hasta una playa para morir de sed y aplastados por su propio peso. A veces, misteriosamente, lo hacen en pareja.

Pedro recorre despacio, con el casco enganchado en el manillar izquierdo de esa moto verde que se compró a los dieciocho años, entre esta gente que corre o camina haciendo ejercicio, y los atraviesa pausado y con cuidado como en un *travelling* de película; y también los ve a cada uno, y ellos cada día lo ven y dice Pedro que es su manera favorita de empezar el día, de salir de la casa, de salir de Ana, de las maderas viejas, de la casa por caerse, y de llegar al club donde da clases de natación.

La lista de los árboles: pino blanco, ayacahuite, pinabete, pinus cembroides, cedro blanco, picea, encinos blancos, leuobalanacus, encinos rojos, rythrobalanus, encinos de copa dorada, fresnos, frexinus, eucalipto blanco, eucalito rojo.

La lista de la gente: El señor gordo, la mujer de pelo largo que va regañando a su marido, la chica que trabaja en la panadería, la pelirroja española que corre con unos auriculares a todo volumen y que le sonríe cada vez que lo ve; el tipo que atiende en la casa donde organizan reuniones de Alcohólicos Anónimos; el profesor de yoga, la cuidadora de perros.

Su lista de plantas, de ballenas, de gente a los que ve sudando y enfrentando el tedio de la gimnasia, el paseo por el parque. Y a muchos de ellos los ve, luego, en el barrio atendiendo sus asuntos, esos asuntos de la vida normal, más o menos común y corriente.

Y también está ella en medio del bosque. Siempre a la misma hora. A la hora en la que pasa Pedro, que va pensando en los árboles, las ballenas, en Ana, en su padre. Ella está ahí. A diario. La mamá de Pedro, de Pedrito, del otro Pedro, que se le aparece como un fantasma y observa impávida su paso entre los caminos del bosque. Pedro no observa en ella ni odio ni dolor, ni ninguna otra emoción. Para él, su presencia solo tiene el peso del castigo de la memoria.

Cada vez que Pedro se cruza a la madre de Pedrito, el otro Pedro, se le cae el mundo. Y no sabe, al día de hoy, cuando está a punto de cumplir cuarenta años, cómo recogerlo.

Intenta hacerlo, aunque sea de a pedacitos, y continúa este tránsito que hace a diario en la moto a diez kilómetros por hora, sacándose y poniéndose el casco, saludando con la cabeza a la gente de la que conoce casi todo, dejando atrás a Pedro, a Pedrito, al otro Pedro, volviendo a intentar quitarlo de sus días y sus mañanas y sus noches.

Mira a la gente, su lista de gente, y conoce de ellas casi todo, o lo fantasea. No conoce sus nombres, pero sí las vidas y las historias que se inventa para llegar a la casa y contarle a Ana. Sabe de ballenas, sabe de plantas, sabe de la gente. ¿Y qué sabe del amor? Que el amor, cuando se acaba, se parece más a un árbol en invierno, o a dos ballenas varadas en una playa del sur. Se parece más, dice Pedro, a una ballena sentada en la sala, porque uno no sabe qué hacer con ella.

Pedro mira a la gente, fantasea con la pelirroja. Piensa en los huesos de las ballenas encontrados en un bosque en el sur de Alemania. Piensa en el cachalote que se fue a morir al río Támesis. Se lo contó su padre. Una ballena en el centro de Londres. Morir en Londres no es mala opción. El animal de mar perdido en un río. Siente el olor de los encinos, recordando a su padre la primera vez que le empezó a hablar de las maravillas de las plantas. Fue en un viaje a Chicago en el que se pasaron un día encerrados en el Botánico. Aprendiendo los nombres científicos de las plantas. Pinus cembroides, leuobalanacus, rythrobalanus, frexinus. Pedro sale del parque por la avenida, y acelera hacia el club.

En esta media hora, con el frío del invierno pegándole en la nariz, transita entre el hogar silencioso de la mañana, del estado sólido de la vida compartida con Ana, su calor en la cama, la comida del perro, el desayuno apurado y solitario, los restos de la noche anterior, al mundo profundo y cotidiano que se le abre en cuanto llega al club de natación, ese mundo acuático de las clases diarias, del olor al cloro, el escozor de la piel, los dedos de los pies con hongos, los cuerpos flácidos de las nadadoras viejas, el ruido insoportable de los niños en traje de baño al borde de la pileta.

Pedro fue nadador profesional. Olímpico. Ganador. Al otro día, fue nada. El corazón. Y al tercer día, se convirtió en entrenador de élite. Una tragedia lo convirtió en un simple profesor de natación. Todo pasó en dos años. Rápido como pasan las cosas, rápido como se difuminan los sueños, los deseos, las ganas de triunfar y el olor a cloro del fin del mundo. ¿Cómo llega una ballena al Támesis? Él quería ser Michael Phelps. No Robel Kiros Habte.

Pedro Ruiz, premio nacional del deporte por un error, una confusión o por una cuestión que él sabe explicar pero siente vergüenza al recordar, quiso ser de todo, quiso ser de todo al lado de Ana, pero ahora Ana ya no está, casi no está, y excepto eso, un detalle, un error de cálculo, todo lo que es ahora a unas horas de cumplir cuarenta años, todo esto que es, casi nada comparado con lo que se desea a los veinte, lo hace, a su manera, feliz. Como esa ballena perdida en el centro de Londres.

Pedro, que va a cumplir cuarenta años, que esta noche es Nochebuena, que mañana Ana ya no estará con él, hace una lista de las cosas que alguna vez quiso hacer: ser pianista, basquetbolista, arquitecto. Nunca quiso ser pintor. Quiso hablar alemán, vivir un tiempo en un ashram en la India, mudarse a Noruega.

Pero fue nadador. Su padre lo llevaba a entrenar a diario cuando era niño. Fue olímpico, continental. Hasta que el corazón, un soplo en el corazón, lo retiró en plena carrera. Armó una banda de rock. Comenzó a estudiar arquitectura y alemán. Abandonó para convertirse en entrenador. Y lo que pasó luego. Sus alumnos ganaban todas las medallas. Conoció a Ana en una fiesta que organizó un amigo, con los alumnos y los profesores más jóvenes del Conservatorio, donde hablaban de arias y de solfeo. Pedro hablaba de estilos de natación, de ballenas, de plantas. Ana le hizo una lista de sus canciones favoritas.

Pedro las canta ahora, una tras otra, llegando al club. Quiere pensar que no le duele saber que ya no conoce las nuevas canciones que Ana está cantando ahora en la ducha, en la casa que empieza a caerse a pedazos.

4

Pedro no suele dedicar tiempo a pensar en cosas inasibles como la vida. O el amor. O ese tipo de cosas. Es más, detesta a esa clase de gente que se la pasa reflexionando sobre la existencia. Sin embargo, hoy, acuciado por las circunstancias, por así decir, está más meditabundo. No le gusta solazarse en reflexiones autoindulgentes sobre lo que hizo, lo que quiso hacer y no pudo, sobre lo que quisiera hacer el próximo año, o en cinco o en diez, por poner algún lapso de tiempo. Hacer, ser, acaso tener, son palabras que no le marcan el paso de las decisiones trascendentales. Ni siquiera decidir el color para pintar las paredes de la casa. Los dilemas existencialistas son pajas, dice, y él prefiere las de verdad, las de todos los días.

Pedro vive, suele decir cuando habla, hablaba, de estos asuntos con Ana, vive y ya, y en un constante estado mental líquido. Todo es amorfo, pero también es calmo, como el agua de una piscina. O el mar más profundo. A Ana le gusta esta idea, y dice que entonces ella también es agua, pero es agua de río.

De hecho, se tatuó la palabra RÍO sobre dos líneas ondulantes, que también representan el símbolo de acuario, el suyo. El tatuaje se lo hizo en Río de Janeiro cuando fueron a las olimpiadas. Después de muchos años de despotricar contra los tatuajes, y sobre todo contra los tatuados, de pronto un día cambiaron de opinión y fueron a una de esas salas modernas de Leblón, decididos a tatuarse. Así eran cuando estaban juntos. El mundo podía cambiar de un segundo a otro. Lo que era una seguridad indeleble, de pronto podía convertirse en lo contrario, como una mancha de tinta, o de sangre, en el agua.

En esa misma sesión, Pedro se iba a grabar la palabra MAR, pero a la hora en el que tatuador puso en marcha la máquina, se asustó y se arrepintió. Ana se enojó un momento, pero luego del almuerzo ya no le importaba tanto. Así que ella anda con un tatuaje en la pelvis que dice RÍO y las dos olitas, y Pedro no tiene nada que diga MAR. A Ana le parece sexy, pero Pedro prefiere no verlo porque con el tiempo empezó a encontrarlo demasiado polisémico, no sabe si es por el viaje a Brasil, por lo de agua de río-agua de mar, o por la primera persona del verbo reír.

Agua de mar, agua de río, piensa Pedro, mientras observa el agua de la pileta que aún no se templa. El climatizador está encendido, se oye el ruido de fondo de las máquina. El agua sigue fría. Agua de mar, agua de río.

Pedro se quita el abrigo y toda la ropa en el vestuario. Se pone el traje de baño, la gorra, los lentes. Guarda todo en el bolso, que deja en su casillero, sin llaves. Sale de la pequeña sala y se detiene para observar, una vez más, el lugar que no cambió nada desde hace años, cuando venía de niño.

Respira profundo.

Camina hasta el borde de la piscina. Se alista para sumergirse. Lo va a hacer desde la zona de llegada. Observa el azul fijo del agua. Nada se mueve. Ni una gota. Ve a los cincuenta metros de distancia los poyetes. Imagina sobre alguno de esos bloques a Pedro, el otro Pedro, arqueado hacia adelante, con las rodillas apenas dobladas, con las manos al borde de la estructura de la banqueta, con la cadera elevada.

Se lo imagina con los goggles rojos, con la gorra plateada, lo de siempre. Pedro, desde la otra punta, quiere gritarle que no flexione tanto los brazos, que esté atento, cosas así, cosas que se decían cada vez. Regañarlo con cariño, felicitarlo con ligereza. Pedro quiere poder decir esas cosas ahora, pero las guirnaldas de la Navidad que dan la espalda a los nadadores en el borde de la salida lo devuelven a esta mañana fría, donde el ruido del climatizador es un ruido chanflón, magullado, a punto de fallar, y donde no hay ningún Pedro, Pedrito, al que decirle, gritarle, cómo tirarse al agua.

Pedro detecta que hay una toalla verde olvidada, ve una lámpara que titila, un muñeco de Papá Noel que está perdiendo aire, un Papá Noel flaco, pero con la barba de siempre. Los carteles de Feliz Navidad, los avisos de vacaciones: estará cerrado del 25 de diciembre al 7 de enero. La foto de Marciano.

Pedro observa el ambiente, respira profundo, se acomoda los testículos dentro del traje de baño. Se pasa la mano por la barba joven, por la nariz que gotea: será que se contagió del resfrío de Ana. Prepara el reloj. Se quita las sandalias, siente el escozor de los pies, la piel entre los dedos pútridos de hongos y cloro. Mueve los dedos como si tocara el piano con las patas, y piensa Pedro en esa imagen, en la de un pianista de pies. Los estira como si fuera efecto de un orgasmo, siente el brevísimo placer de apaciguar la comezón.

Se dispone, ahora sí por fin, a tirarse: flexiona la espalda, sube las caderas, toca con las manos el borde de la pileta, mueve los pies por última vez antes del salto. Toma vuelo, se prepara para una entrada hidrodinámica. Le gusta esa palabra. Así le decía Marciano: entrada hidrodinámica.

Vuela.

Piensa poco en la vida. A él no le gusta pensar en esas cosas, casi nada. También piensa algo en Ana. Pero no mucho: agua de río, agua de mar; piensa mucho en Marciano, piensa más en Pedro, el otro Pedro, y en eso, salta, vuela. Y en el momento en el que el vuelo desciende y la punta de los dedos de las manos abren el hueco en el agua por el que se sumerge todo el resto del cuerpo, y por fin se agitan todas las gotas, se revuelven, se esparcen, piensa que ni agua de río, ni agua de mar, sino agua fangosa de laguna, agua densa, oscura, donde las brazadas tienen que ser más duras, más pesadas, donde cada una de ellas tienen la función de eliminar cada pensamiento furtivo e innecesario.

No pensar en Pedro, el otro Pedro, en Marciano, en Ana, en las ballenas, en las plantas, en la mudanza, en su padre, en que mañana va a cumplir cuarenta años, en que al rato tienen que ir a la casa del mar a celebrar Navidad con los amigos. Que se verán por última vez. Todos.

De todos modos, se dice, a él no le gusta pensar.

Luego del breve momento de la patada del delfín, porque así le llamaba Marciano, patada del delfín, el cuerpo de Pedro, como el de cualquier nadador, cambia la dirección del declive inmediatamente, levanta las manos hacia lo alto y logra salir a la superficie. Toma aire y comienza a nadar a toda velocidad. En cuarenta y tres segundos, según le marca el cronómetro en su muñeca, está en la otra punta de la pileta. Nada mal. Años atrás lo hacía en la mitad de tiempo. Pedrito llegó a batir el récord en veintiún segundos. El récord mundial es un poco menos que eso. Pedro, el otro Pedro, hubiera podido con todo. Pedro, Pedro Ruiz, levanta la mirada, y ve la naciente luz del sol entrando por el techo.

Vuelve a sumergirse y a nadar los cincuenta metros hacia el otro lado, llega al punto de partida. Luego regresa ya sin la prisa del contador, y así, cada vez más lento, más pausado, una y otra vez, hasta quedar sumergido en medio del agua, agua de mar, calmando la respiración, los latidos del corazón, y la mente, hasta dejar de pensar en la vida, en Ana, en las aguas del río, en las ballenas que retozan en el mar, en Pedro, el otro Pedro y pensar, por fin, en nada.

Este es, en definitiva, el momento que más le gusta del día. Nadar solo, pensar en nada. Aprovechar cuando aún no llega nadie, y tiene todo el lugar para él. Y nadar lento, hasta quedar flotando en medio de la piscina, movido suave por las breves olas del agua, mirando el techo enorme, las luces artificiales, sobre todo en el invierno, como ahora, cuando encuentra un resquicio de la oscuridad que se esfuma en el cielo. Se queda así un rato. Estira los brazos, abre las piernas, siente que su cuerpo no pesa nada, es líquido. Es, por fin, agua. Agua no de mar, ni de río, ni de laguna. Es agua, nomás, agua. Piensa en las ballenas azules nadando en la noche en el mar perdido.

Es el tiempo el que también sabe demorarse. Como cuando las ballenas dejan de respirar para dormir, pero nunca dejan de nadar. Solas, o de a dos, duermen de a ratos, se tumban hacia un lado, y aunque parezcan troncos gigantes que yacen en medio del mar, siguen nadando, lo hacen lento, en el mínimo movimiento inconsciente de sus músculos, para no morir de frío, ni morir ahogadas.

Pedro ya no siente el agua helada. Es también un tronco flaco flotando. Recuerda con placer esa sensación del tiempo absorto, como cuando oye cantar a Ana. Ahora oye su voz cuando se sumerge en el agua. No hay nada. No hay nadie. Solo la voz de Ana, que domina el espacio y el tiempo y Pedro oye, por ejemplo, *I'll be seeing you...* Pedro escucha a Ana y en ese instante no hay letargo penoso que lo agobie. Qué escucharán las ballenas en medio del océano, se pregunta Pedro. Su propio canto, tal vez. Como Ana.

Y piensa, ahora, en este momento exacto, en el que flota como duermen las ballenas y cree oír a Ana cantando, piensa Pedro que le gusta, en presente, hacerse abrazar por Ana, como ahora que ella no está, pero que él la oye, la oye cantar cuando hunde su cabeza en el agua *I'll be seeing you in all the old familiar places that this heart of mine embraces,* y esa es su idea precisa de Ana, de esta Ana después de veinte años, que es perfecta en voz y en manos y en su manera de cantar, y en su manera de envolver todo, de cubrirlo en cuerpo y agua. Como la boca abierta de una ballena, con sus cuatrocientos dientes dispuestos a deglutirlo entero. Cuando calla la voz de Ana, cuando Ana enmudece, el silencio pesa como una condena que lo hunde y puede ahogarlo.

Como el cierre decidido de la quijada infernal de ese leviatán que remata el aire, el espacio, y mata.

Luego de su fracaso como nadador olímpico, triunfo y caída, soplo del corazón y premio nacional, se dedicó varios años a entrenar adolescentes que iban a ser la élite nacional del nado, a prepararlos para los Juegos Olímpicos. Todo desapareció de un día al otro. Así que Pedro empezó a dar clases a esas personas que pertenecen al otro extremo del arco de la natación: los que no saben nadar, los que ya grandes, adultos, valientes en varios órdenes de la vida, pero que le tienen miedo al agua. En definitiva, los auténticos cobardes.

Pedro se convirtió en un singular profesor de natación. Acaso se podría decir que tenía éxito en un pequeño círculo. Si bien para él no sería una palabra adecuada, lo de exitoso viene a cuento porque le va bien y gana suficiente dinero. Esa otra clase de nadadores, principiantes, temerosos, los cobardes, la que está conformada por señores y señoras que increíblemente no saben nadar, o que se compraron lo de la salud física y mental de los ejercicios en el agua, pero que dan buenos réditos en la cuenta bancaria.

Pues Pedro aprovecha, y acaso esta no sea la palabra indicada, porque no lo hace de ninguna manera con mala intención, ni con mala fe, pensando en la peor acepción de la palabra aprovechar en estos días, sino más bien en el sentido positivo, de aprovechar algo que tiene servido y bien dispuesto.

Pero eso pasa. Pedro es un buen profesor de natación, conoce a la perfección la técnica, empatiza con los adolescentes que saben escucharlo con confianza, es capaz de llevar a un niño a lo más alto de las competencias internacionales, sobre todo si hay algo de ese niño que él ve como propio, como la soledad, o las ganas de triunfar.

Pedro es bueno para todas esas cosas, así que de pronto un día, sin darse cuenta, tuvo uno y luego dos y luego seis alumnos que no eran ni adolescentes ni nada, sino hombres, mujeres de cincuenta, sesenta años que no sabían nadar, que a esa edad podían quedarse petrificados frente el mar, y estaban ahí, escuchando las indicaciones de Pedro. Y así pasó un verano y un otoño, y había cada vez más alumnos que escuchaban a Pedro de una manera especial y empezaban a decir, fuera del agua, fuera del club, que Pedro les enseñaba a algo más que nadar: a nadar, sí, pero también a relajarse, a curarse la espalda, a sentirse mejor.

Subió la cuota, cómo no, y de pronto un día, ese grupo de señoras y señores al que comenzó a hablarles más allá de las técnicas de nado y acabó convirtiéndose para muchos de ellos, y para los conocidos que empezaron a tomar más clases, en una especie de gurú, que no solo les quitaba el miedo al agua, sino que de pronto les ayudaba para todo lo que ocurría más allá de ella. Pedro fue el primer sorprendido con lo que le decían los alumnos, pero con todo eso supo armar un método, y cobrar más caro las clases.

Así y todo, a Pedro le sigue llamando mucho la atención que haya adultos, tipos de treinta, cuarenta o cincuenta años que cuando se meten al agua, en la primera clase de natación, no pueden hacer casi nada, excepto, dictados por la pulsión y acaso la desesperación, un par de movimientos afligidos que no les augura gran futuro. Ahí te das cuenta, piensa Pedro, de qué está hecho el ser humano, que podría pasarse la vida nadando como un perro y así mantenerse a flote. Y así, incluso, atreverse a las olas del mar y seguir vivos.

Pedro sabe, lo ha visto tantas veces, que si tiras a una persona, pongamos por caso, un niño, o incluso a un viejo al agua por primera vez, las piernas y los brazos comenzarán instintivamente a moverse con todas sus fuerzas, lo que le permite por un momento no solo flotar, sino también avanzar un considerable trayecto más allá de su propio tamaño sin tener que sumergir la cabeza ni poner en riesgo su respiración. Es algo más que un mero instinto de supervivencia. Es acaso un movimiento atávico, más cercano a las primeras células que debían defenderse de los ataques del entorno para evolucionar. Es una manera de apropiarte de un enemigo imposible como es el agua, y hacerlo tuyo.

Es ganar a manotazos o con la fuerza de las piernas, con un mínimo de esfuerzo, dominar la adversidad.

Toda la evolución del ser humano, insiste Pedro, los millones y millones de años de pasar precisamente del agua en forma de cigoto, a algo similar a un batracio y salir al aire y a la tierra para ser un mono y luego esto que somos, se evidencia en un momento específico: en el que estás solo, intentando mover los brazos, las piernas, flotar en miles de metros cúbicos de líquido.

A sus alumnos les dice que a veces podemos parecer exquisitos por dominar las muy diversas técnicas del nado. Incluso, florearlas con sincronismos bajo el agua, o en el summum, subirte a una tabla para surfear las olas. Sin embargo, en la natación basta un mínimo de esfuerzo, de pataletas, de manotazos, para seguir a flote sin problemas. Al final, se parece tanto a la vida, y se parece tanto, cómo no, al amor.

Cómo nadan las ballenas, se pregunta Pedro. Tieso en medio del club, mientras los alumnos se deslizan, sin elegancia alguna, en el agua, se responde que las ballenas macho nadan más rápido cuando esconden sus genitales. Sonríe Pedro. Piensa en los suyos, mete la mano y se acaricia los testículos. Nadie lo ve, él siente una erección. Una breve, suave y efímera erección. Cómo copulan las ballenas, se pregunta Pedro. ¿Aman las ballenas?, se pregunta. Cree que va a llorar. Quisiera ahora masturbarse. Pero el bruto manotazo de una alumna sobre el agua, lo desconcentra, o mejor lo dicho, lo reconecta con su clase.

Dice Pedro que con algunos de los alumnos que tiene en los mediodías, que son en muchos casos viejos y principiantes, no hay manera de que comprendan las indicaciones que les da. El cerebro los tiene obnubilados con el fracaso.

Es lo más duro de rebatir, de superar, de aprender. No hay riesgo de ahogo más grande que la mente diciéndote que no lo vas a lograr. Por eso insiste Pedro en que pasa los días, los meses, y no logran poner brazada tras brazada, y avanzar por su carril porque se están diciendo ellos mismos, antes que dar órdenes a sus extremidades, que no es posible.

Por eso se quedan días, meses en el estilo básico del perrito, pero desconociendo lo que hacen. A lo mejor si supieran que este estilo era utilizado por los egipcios como una estrategia militar, de invasión camuflada y subrepticia, se harían de cierta dignidad. Es decir, es un estilo de gran prestigio, oculto pero prestigioso al fin, a pesar de que cualquiera lo utilice como su tabla de salvación de su propia y nutriente frustración.

El estilo perrito es el estilo de la supervivencia, sí, pero para ellos es una condena a la vergüenza, con esos movimientos contrarios a la elegancia. Ahora están aquí porque algo o alguien los condenó a tener que venir a este club dos o tres veces por semana. Esta manera de supervivencia es la más simple del mundo: flotar para no ahogarte, dando brazadas desesperadas y moviendo las piernas propulsadas por algo que se parece a un golpe eléctrico.

Luego, a la hora de sobrevivir, a la hora de correr desesperado hacia alguna superficie segura, con suficiente aire que respirar, uno siempre cree, por suerte cree, que nadie ve el ridículo de nuestro cuerpo, nuestros gestos.

Al igual que en el amor. A veces sobrevives con lo básico y la mínima dignidad que hay disponible. Otras, a lo mejor las menos, logras cierta altura existencial y por qué no, estilo. Pero son pocas las personas que sobreponen la elegancia, o al menos la intención de la elegancia, a la idea de la muerte abrazadora.

50

Le han tocado un par de personas así. La señora que era política, o el gerente de la Ford que gobierna a miles de trabajadores en la fábrica, que como la mayoría de los clientes de estas clases serían el material ideal para esos videos virales de YouTube donde la gente hace el ridículo.

Cuando los ves fuera del agua, al borde de la pileta, en el vestuario, entrando o saliendo del club, en el coche, con sus choferes, con sus trajes, o en un café por la tarde, suelen ser gente convencida de sí misma, segura de dominar la vida y sus circunstancias, excepto cuando deben meterse inexpertos en estos amenazadores cubos de agua donde no hacen pie. No hay nada más parecido a la vida que este momento, piensa Pedro. Nunca hacemos pie, nunca haremos pie. Solo nos queda aprender a dar patadas y brazadas para, es tan simple todo, sobrevivir. Da vergüenza, sí, pero esto somos.

¿Y el amor? ¿Y las ballenas? ¿Y Ana?

Pedro nota que en los últimos tiempos se ha vuelto verborrágico. No se reconoce. No está en su naturaleza. Le gusta decir algunas cosas antes de las clases. Por lo general, tiene planeado hablar unos cinco minutos, pero hubo casos en los que se quedó toda la clase diciendo cualquier barrabasada, haciendo crecer ante los demás el papel de gurú al que dice negarse.

Por ejemplo, se para en el borde de la pileta y les dice: Hablemos de nadar de espalda. El estilo de espalda, les dice Pedro, creo que es la mejor, mi favorita. La persona que logra nadar de una vez cien metros de espalda nunca más es la misma. Los ves salir del agua con otra mirada, como si la observación detenida, lenta, del cielo, o al menos del cielo raso, la luz que les baña la cara, se reflejara hasta en la pupilas cuando salen al mundo seco. Además, continúa, el ejercicio y el trabajo sobre la espalda dan poder. Es como ponerse de pie por primera vez, emerger del pasado humano de hace millones de años cuando el primer hombre en África pudo ponerse de pie, estirar el lomo, y asombrarse porque podía ver más allá, mucho más lejos de lo que había visto en su vida. Erguirse es evolucionar. Pruébenlo ahora. Dejen lo que están haciendo y sientan estirar la espalda. No sé explicarlo bien, pero lo veo, dice Pedro.

Marciano fue el primero que le dijo a Pedro que a veces tenía poderes de chamán, que decía cosas raras, que se fijaba en aspectos que los demás no. A Pedro le sentaba mal eso. Le respondía que no, que de ninguna manera, que él siempre va a huir de cualquier cosa que tenga que ver con eso, con las ideas de superación, nadie se supera nunca, nadie cambia. Nadie mejora. Pedro le decía a Marciano que estaba en contra de esta moda de las medicinas alternativas, de la filosofía de la vida, la manera en la que medio mundo anda metido en esas cosas del deseo, del visualízalo y lo lograrás y demás sandeces. Que él no sabe nada de eso.

Nadar de espalda es, en cuestiones de dignidad, lo contrario a nadar de perrito. Es un estilo lento. Los récords olímpicos están apenas unos segundos por debajo de los dos minutos, unos veinte segundos más que los récords en crol.

Pero qué quieren que les diga, dice Pedro, uno de los pocos lugares de nuestras vidas en las que no podemos ser una farsa es en el agua. En el agua se siente la libertad, y en esa libertad la mente se emancipa, te lleva a otros lados. Siempre me pasa, dice Pedro. Y sé que les puede pasar a ustedes también, les dice a los alumnos. Me pasó una vez, con Pedro, otro Pedro, que ustedes no conocen. Pero él era un iluminado.

Al final, yo no sé si existe eso, si es que hay luces que nos salen del cuerpo, ¿cómo es eso de los seres de luz?, qué imagen tan espantosa, una expresión tan horrible, qué manera tan horrible para referirse a algo que, perdónenme, pero no sé qué significa. Y a pesar de eso, como les decía, Pedro tenía algo. Había algo en él, sobre todo al salir del agua, de nadar horas y horas de entrenamiento. Como esa vez que Marciano nos obligó a flotar y ahí encontramos algo, a partir de esa vez la natación fue otra cosa, todo empezó a tener un sentido.

Odio hablar así, escucharme decir estas cosas, parezco un hippie mugriento, o peor aún, porque a decir verdad esto ya no pertenece a los hippies, los hippies se quedaron en su lucha materialista, tener o no tener, y acaban teniendo de todo y todo lo más caro, aunque mal vestidos, o mejor dicho, bañarte o no bañarte, *that's the question*. Toda esta bagatela mental pertenece más bien a esta generación contradictoria que te lleva a potenciar tus capacidades para el éxito, el que cada uno quiera, pero que siempre se refleja en una camioneta más grande, porque con tu éxito y tu camioneta más grande te mueves por la vida como por la calle, viendo a los demás por un poco más arriba, y aunque estés atorado en el tráfico, igual sientes un aire de superioridad, que lo más probable sea la brisa del aire acondicionado, y vas, a veinte kilómetros por hora, cuando al menos avanzas, cuando al cabo de un rato el semáforo se pone en verde, ahí, aceleras y te vuelvas a frenar. Como con tu vida.

Con tu aire de superioridad, pisando a quien pudieras pisar en el trabajo, cagándote en los vecinos de la cuadra, pero eso sí, tu aire de superioridad lo respiras cuando donas a la Cruz Roja, o compras frutas orgánicas y cuando luego, a los dos o tres días, tiras las frutas orgánicas a la basura porque ya están podridas. Entonces, lo que estaba diciendo, que cuando digo «ser de luz», no me veo como un hippie sobreviviente dos, tres décadas después, sino como un contemporáneo contradictorio que va a hacia adelante, pisando a lo que se le cruce en medio, gracias a que visualizó una meta que va a cumplir a como dé lugar, y a buscar, en algún momento del día, o de la semana, algún mantra que le sirva para creer que él también puede iluminarse, de alguna manera, como sea, porque, como dice ese mantra: «me lo merezco».

Pero Pedro tenía algo. No voy a saber nunca qué, pero Pedro tenía algo. Y no quiero hablar de Pedro, no sé por qué me la paso pensando en Pedro...

Pero a todas estas cosas empecé a probarlas con el niño, sigue Pedro, que parece no va a callarse nunca, mientras todos están oyéndolo con suma atención, atónitos, con medio cuerpo sumergido. Algunos flexionan las piernas para que les llegue al cuello.

Una última media hora de entrenamiento nadando de espalda, y luego otros veinte minutos que llama de flotación. Una alumna que luego se transformó en coach y abrió su propia academia de natación y lo que más publicitaba era un programa «físico y mental», así decía: físico y mental; flotación zen. Vaya sarta de ladrones andan sueltos por ahí, se irrita Pedro.

Pedro insistía con eso de nadar de espaldas. Había descubierto que quien dedicaba diez minutos a nadar de espaldas, antes de los cinco minutos de flotación, de flotación zen, como le empezaban a decir todos, a pesar de que se negó al principio, acababan la sesión con ese algo especial.

En los últimos tiempos sus clases comenzaron a llenarse de clientes con lumbalgia, con dolores de espalda, con las dorsales hechas una mierda. Así que al cabo de unas cuantas clases —que ya llamaban sesiones, porque advirtió que llamándoles sesiones podría cobrar más—, se sentían mucho mejor, caminaban mejor, porque también las isquiotibiales, esos músculos que están detrás del fémur, se fortalecían con este nado, y todo iba más o menos bien cuando empezó a ir mejor: gracias a un acupunturista que empezó a venir al club, descubrieron que sus clases, sus sesiones, podían tener una productiva relación con la medicina china, así que se puso a ello, al principio a su pesar, pero cuando la gente le decía, y agradecía y pagaba, porque también se estaba curando de problemas de vesículas, de hernias, luxaciones y hasta por fin dormían bien, plácidos, o como le dijo alguna vez una alumna: le había regalado una nueva vida.

Todo eso, y ni qué decir de la respiración. Les dice ahora mismo, que si saben respirar, van a evitar muchas enfermedades. A Pedro le adjudican curas de resfríos y gripes. Les dice otra vez ese dicho hindú que reza que a la vida venimos con las respiraciones contadas, por lo que hay que aprender a administrarlas. Inhala, exhala, y no dejes de mover las piernas, las piernas juntas, súbelas, bájalas, la palma de la mano hacia arriba cuando sale del agua, más rápido, las rodillas bajo el agua. Inhala, exhala. Que veas cómo salpican los pies. Estira el brazo, tira hacia abajo, no dobles tanto el codo, ahora el otro brazo, va de nuevo. Inhala, exhala.

Y Pedro observa cómo los alumnos empiezan a nadar por los carriles, torpes, asustados, pensando en ellos o en la vida, perdidos como ballenas en un río.

5

Pedro acaba las clases. Los alumnos se van yendo, uno a uno. Se ducha, se abrigan, se desean feliz Navidad, feliz Año Nuevo. Afuera hace diez grados menos. Sus cuerpos aún están calientes, y seguirán calientes por el climatizador de los autos. Pedro los ve por la ventana, alejarse rápido a preparar las cenas, las compras, a soportar lo que tengan que soportar cada uno en estas fechas: amores, dolores, olvidos, borracheras. Las muertes, las vidas. Todo eso. Entiende Pedro que no sabe nada de ellos, más que sus nombres, sus coches, y sus números de cuenta. Sabe, más o menos, que a uno le duele la espalda, que otra no podía dormir. Puede hacer una lista con las dolencias de cada uno, pero da igual, porque a todos les dice más o menos lo mismo: floten. Y respiren: inhalen, exhalen. Floten y verán cómo pasan los dolores, los olvidos, las cenas obligatorias de Navidad, las despedidas.

Pedro está desnudo frente la ventana. En el enorme galpón, solo están él, la decoración navideña y el agua aún agitada. Oye el ruido de los tubos fluorescentes. Afuera, los alumnos van a sus vidas. Pedro siente un frío que le eriza la piel. Y siente el ardor de los hongos entre los dedos de los pies. Piensa que este día 24 de diciembre es aún más largo que cualquier día, pero desea que este sea eterno, o al menos dure mucho tiempo. Es el último día con Ana. Mañana tendrá cuarenta años y empezará a vivir sin ella. Nadie sabe cómo es eso, se dice Pedro. Si tuviste a Ana, si conociste la vida con Ana, si llenaste cuadernos y cuadernos con listas de cosas con Ana, cosas de Ana, no puedes ni siquiera imaginarte cómo puede ser el día siguiente sin ella.

Pedro, desnudo, apoya todo el pecho, el sexo y las piernas contra la pared. Pega la cara contra la ventana. Exhala, empaña el vidrio, pasa la lengua, con los ojos cerrados. Se excita. Comienza a masturbarse. No insiste. No puede.

Camina a la ducha, se detiene por un momento. Inhala torpemente. Exhala con hastío. Saca una crema de su bolso, se embadurna el pene. Quiere excitarse. Este olor a almendras y coco lo estimula inmediatamente, es el aceite favorito de Ana. Cuando se hacen masajes y hacen el amor. Hacían. Pero ahora no puede más. Se queda sentado en el banco del vestuario, con los codos sobre las piernas, las manos grasosas, resbaladizas, la vista en el suelo, que va mojándose con el agua que sale de la ducha.

El vapor del agua caliente empaña los espejos. Pedro ya no se ve. Huele a coco y a almendras. Tampoco siente nada de su cuerpo. De todos los sentidos, solo el olfato parece estar vivo: huele a un noche muy específica en un cuarto en una casa en el mar. Huele y huele esa noche. Observa el suelo, de entre el vapor aparecen sus pies, la micosis, el agua que inunda el baño, el vaho que todo lo cubre. Quiere llorar. Pero tampoco puede.

El agua ya está fría. Sale inmediatamente y se seca, se quita la crema que el agua no alcanzó a quitar, y comienza a vestirse. Momento en el que oye que la puerta principal se cierra con fuerza. Se viste mal y rápido, se pone el abrigo sobre la piel, y sale a ver quién es. Por la ventana, ve subirse al coche a la madre de Pedrito, Pedro, el otro Pedro.

Pedro se esconde, aunque sabe que ella sabe que él está allí. La mujer apura el motor, sale. Se pierde en la esquina. Él agarra sus cosas, cierra la puerta, se sube a la moto. Siente el frío. Regresa a la casa.

Es un horario poco habitual para él. Nunca está en la casa a esta hora de la mañana. A esta hora, la casa tiene una luz que él casi no conoce, los rayos que entran perpendicular con el sol alcanzando su zenit del invierno. Son hoy, precisamente hoy, nuevos.

Ana no está, ni está el perro. Se encierra en el baño e intenta masturbarse otra vez. Por fin puede. Pero lo hace tan rápido, mecánico y funcional que ni se entera. Pragmatismo fisiológico. Sale del baño y va al cuarto de invitados donde había descubierto las maderas del techo y las ventanas dañadas por el tiempo, las termitas y, sobre todo, la falta de atención. Pasa la mano por la aspereza, siente con el tacto lo que antes solo había visto de lejos. Como sucede con el amor. Y como un amor añejado, al paso de las manos saltan las astillas con facilidad.

Sopla para quitar el polvo, arranca esos brotes delgados, partes de las ramas del árbol que invaden la casa por unas pequeñas rendijas de las aberturas rotas de la ventana del cuarto de invitados. Pedro ve la casa ahora, no sabe por qué ahora después de tanto tiempo silenciado, como el descuido propio de aquellos que se creían impunes al fin del amor, la casa como un caparazón que empezaba a romperse, y de esa manera, ahogarlos.

Ni siquiera sabe Pedro cuánto tiempo hace que no entraba al cuarto de invitados, o cuánto tiempo hace que nadie los visita, y por qué la mujer de la limpieza no le había dicho nada de eso, temerosa a ser indiscreta como cuando al día siguiente recoge los pedazos de los platos rotos sin hacer ruido, ni decir nada.

Pedro piensa qué llevarle a su padre. Se detiene en una tienda de ropa y trajes, le parece insólito que esté vacía un día como hoy. ¿Es que solo él y el del árbol son los que dejan las cosas para el último momento? Le compra otra corbata de moño. Sale de allí entusiasmado por la elección del regalo y porque va a verlo. Una vez a la semana comen, van al cine o hacen cualquier cosa por un par de horas. Cada vez que lo visita, le compra algo, un chocolate en el puesto de la esquina, unas postales, un disco. Su padre fue la persona que más lo cuidó cuando era chico, el que lo llevaba al club al entrenamiento de las seis y media de la mañana, todos los días, domingos inclusive, el que lo llevaba de viaje a conocer botánicos y ballenas. El que le enseñó todo lo que sabe de ballenas. El que le leía *Moby Dick* para dormir.

El que un día, cuando Pedro tenía quince años y ya había ganado la primera medalla de oro en los Juveniles Panamericanos, iba manejando llevándolo al club y se frenó en seco en mitad de la avenida, se estacionó al borde de la vereda y le dijo serio, mirándolo fijamente, baja. Pedro recuerda que bajó lleno de asombro pero sin miedo, recuerda aún hoy el calor que hacía ese día, parado al borde de la carretera, donde no había ni un árbol, y escucha cómo su padre, Pedro nunca se olvida de eso, oye cómo le dice serio, contundente, pero a la vez lleno de cariño, que se fuera, lejos, lejos de aquí, que volara, que se dejara de joder con todo esto y que se ocupara en vivir una vida de verdad y fuera feliz.

Al acabar de decir eso, se acuerda tan bien Pedro, su padre arrancó de golpe. Y avanzó veloz. Pedro siguió el camino, caminando en silencio y nunca supo en esos veinte minutos de caminata si debía reír o llorar. Entonces siguió el camino como si nada. El padre salió tan rápido que se quedó en el coche su bolsito con la comida. Esa tarde, lo recuerda bien Pedro, no vino a buscarlo a la natación, ni volvió a hacer de chofer ni de cuidador. No lo vio por años.

Su padre se mudó por un tiempo a Italia, a un laboratorio de investigación marina, específicamente paleontología marina, donde estudiaba la evolución de las ballenas. Cada semana se escribían cartas. Cuando su padre invitó a Pedro a visitarlo, a pasar un tiempo con él, estaba empezando a salir con Ana, así que se negó.

Cuando su padre regresó, jubilado y con la incipiente enfermedad, Pedro y Ana ya vivían juntos, había dejado la competición por lo del soplo, la música por el talento escaso, y ya se dedicaba a ser ese profesor de natación que llegaba al club cada mañana en la moto, despreocupado de casi todo, excepto por ese alumno, al que le hubiera gustado decirle algún día que volara.

Piensa Pedro, ahora que va camino a visitar a su padre, que nunca le hizo caso a aquel consejo, que nunca tuvo en cuenta lo que le dijo hasta que se fue haciendo mayor, y a pesar de que supuso que Ana era su manera de vivir la vida de verdad y de ser feliz, no hay día que no se pregunte qué hubiera pasado si sí hubiera volado, como él le dijo. O volar juntos. Ana y él. Volar juntos. Ana le decía, sin reproches, agua de río-agua de mar, que más que volar, lo que hizo fue sumergirse en el agua. Y nadar.

Su padre vive ahora con algunos amigos en una residencia para gente mayor y enferma. Lo suyo es ver nadar el alzheimer contra su mente, que no le da tregua. Hay varios así. Su padre está pronto a cumplir ochenta años, pero desde hace tiempo ha perdido la memoria y no sabe muy bien quién es, ni quiénes son los demás. A ese lugar le llaman La Comuna de los Viejos Hippies, y aunque es un lugar bastante elegante y caro, pagan con un dinero que ellos mismos había reservado por si esto le ocurría. Hace muchos años, había elegido este lugar cuando empezaba a sospechar que la maldición familiar de la desmemoria los iba a atacar.

No hay nada más hijo de puta que los genes, solía decir. Convenció a cuatro amigos de la universidad a que se reservaran un espacio en este lugar para cuando llegaran los años. Ahora llegaron los años y están juntos, viejos y enfermos. Juntos, incluso cuando se desconocen. Él sabe, lo decía todo el tiempo, que nadie puede acabar como sus antecesores, así que mejor tomar buenas decisiones a tiempo. Insistía que a todo se puede escapar, menos a los genes, sobre todo los enfermos. Los hijos de puta.

Pedro va a buscar a su padre todos los viernes. Llega a las diez, puntual. Les da a él y a sus amigos unas clases de natación en la pequeña alberca calefaccionada de la casa grande. Luego el padre, que también se llama Pedro, se arregla, se pone corbata de moño, abrigo, fular, y van siempre al mismo restaurante, al que llegan caminando en diez minutos y al que él, le cuenta a las enfermeras, venía cuando era joven. Él siempre dice eso, aunque el restaurante no tenga más de diez años y lo hayan descubierto desde que está internado en este barrio. Es un buen lugar, italiano, distinguido, pero sin pretensiones y con televisiones para ver el fútbol.

A su padre la tratan con consideración, le dicen que lo estuvieron esperando con ansias, la hacen sentir lo especial que su padre verdaderamente es. En cuanto se sienta, el dueño viene a saludarlo, se dan la mano como caballeros que son. El hombre le habla en un italiano chapucero, y el padre de Pedro, que aquí llaman Pietro, le perdona atildando aún más su pronunciación. Pide ostiones y una copita de espumante.

En la televisión dan un partido de fútbol, la repetición de la final de la Champions, y su padre se sienta en la punta de la silla, apoyando los codos en la mesa, con la mirada clavada en el televisor. Por momentos parece que se va a caer de la emoción, sobre todo cuando grita ¡Hay que meterla!, ¡hay que meterla!, y se enfurece y estira los brazos hacia arriba y con un gesto inquisitorio desvía la mirada hacia ese dios de cielo raso de los bares.

Luego busca cómplices entre los parroquianos, que a esa hora son pocos, los de siempre. Unos minutos de partido y ningún gol: ¡Hay que meterla!, ¡hay que meterla!, les dice su padre a los de las otras mesas, y ellos le responden condescendientes que sí, que ¡qué barbaridad, don Pietro, qué barbaridad! Y él repite lo mismo, y luego se da vuelta, se acomoda en la silla, busca cierta prolijidad en la disposición de las cosas en la mesa, se pasa las manos sobre las piernas para desarrugar el pantalón del traje, se acomoda la corbata y estira la espalda. Y mira fijo a Pedro, le sonríe, le pregunta en italiano si tiene frío, y al cabo de menos dos minutos, vuelve a concentrarse en el partido. ¡Hay que meterla!, ¡hay que meterla! y así durante todo el tiempo hasta que llega un gol que grita con profundo gozo.

Les gusta ir al cine, y más tarde, a jugar un rato a las cartas o cantar con sus amigos de la residencia. Hoy todo será apurado. Un rato de futbol, un rato de cine, un rato de cantar. Pedro debe irse a la casa de la playa. Cuando Ana tiene función, Pedro invita a su padre al teatro. Ama a

Ana y la admira como tal vez nunca nadie la haya admirado. Su padre también es una debilidad para Ana.

¿Ana cuándo va a cantar?, pregunta su padre mientras caminan al cine.

¿Sabías que nos vamos a separar?

Pero ¿Ana cuándo va a cantar?, vuelve a preguntar.

Nos vamos a separar.

Hai freddo?

Regresan y se meten a la salita de cine. Dan *Viaje a Italia*, una película que ya vieron juntos muchas veces. Cuando entran, ya está empezada. En cuanto se acomodan, su padre saca pañuelos de las mangas del suéter, trae unos cuatro o cinco, y los acomoda sobre sus piernas o sobre los apoyabrazos de la butaca. Llora profusamente. Esa actriz es como tu madre, le dice. Igualita, le dice.

Llora durante todo ese viaje que hacen Ingrid Bergman y George Sander, los Joyce. Igual a tu madre. Así, media hora más, hasta que deciden irse. Sale limpiándose los mocos, ocupando uno a uno los pañuelos, que luego guarda otra vez en sus mangas.

Igual a tu madre, dice.

De regreso, sus amigos los esperan en una mesa donde están jugando dominó. Se sientan un momento y el padre empieza a ganarles a todos, cambiando un poco las reglas, se debe admitir, por lo que al final los demás se enojan y ya no quieren jugar más. Una anciana se para, y se acerca a otros que juegan dominó. Uno lleva respirador, otro no puede hablar. La señora los saluda, los besa y se va. Ellos se miran sonrientes y dicen ¡Qué bien está!

Piden a Pedro hijo que toque algo en el piano de la sala, un Yamaha con varios golpes, así que les toca canciones que se saben de memoria, que algunos cantan de maravilla y los que no, bailan sentados en su silla.

Una de las amigas de su padre le pide que cante esa canción italiana que le cantaba a su mujer, Pedro padre empieza con *Io non posso stare fermo...* y Pedro toca el piano y son felices, los dos Pedros, y el padre le acaricia el pelo al hijo, lo peina sobre el pelo corto con los dedos como lo hacía cuando era chico y lo iba a buscar al club y él salía con el pelo mojado, y lo regañaba porque se iba a enfermar. Ahora él repite eso, mete sus dedos de manera suave entre los pocos pelos del hijo, le acomoda el flequillo imaginario que ya no cae sobre la frente y lo acomoda, imaginariamente, detrás de la oreja, y no dejan de cantar eso de *...perché Margherita é buona, perché Margherita é bella...* que los demás acompañan en coro, es una canción que se saben de memoria. Ellos que han olvidado todo, recuerdan la canción que los arrebuja alrededor de un fuego, un fuego que es la música que deben cantar juntos, para estar juntos, para ser juntos, una razón de la felicidad.

En la puerta, el padre de Pedro, que también se llama Pedro pero él ya no lo sabe, lo despide con un abrazo y le pide que se abrigue, le pregunta si Ana está embarazada, le pregunta si sabe cuánto pesa el corazón de una ballena. Yo le calculo unos cien kilos, pero no me acuerdo. Me gustaría comprar uno para traerlo acá.

6

En un momento llega Michelle, la Pingüina, como le dicen los amigos, que vive en Estados Unidos. Pedro y Ana irán a buscarla al aeropuerto. Aunque viene sin los hijos, no se va a quedar en esta casa. El cuarto de invitados seguirá sin invitados. Solo los comemadera y los árboles invasores.

Ana regresa de correr, deja al perro en el pórtico, le dice a Pedro que se baña rápido y sale. Pedro comenta lo de las termitas, pero ella no lo escucha. En unos minutos baja duchada, le da un beso y dice que está lista. Que el avión va a aterrizar pronto, que se apuren.

Le da un beso. Un beso, como los de siempre en estos quince años. Un beso, piensa-no piensa Pedro. Fue espontáneo, como se hacen las cosas en la cotidianidad. Se da un beso como se hace un café. Como se anda en bicicleta. Nadie se detiene a pensar en cómo preparar el café, se prepara y ya: se pone agua de un lado, dos cucharadas de café molido del otro, se ajusta la manivela, se aprieta un botón. Y ya. Está listo el café. Como cuando se da un beso. Como cuando se anda en bici. Así fue el beso que Ana le dio a Pedro. Pedro de pronto se toca la mejilla, pero Ana ya está lejos de aquí.

Ana pregunta si quiere un café. Está preparando un café, automáticamente, como quien da un beso. ¿Un café?, ¿Llevamos al perro?, pregunta seguido. Pedro no responde ni sí ni no a ninguna pregunta. En un momento va a decir que sí a las dos, pero ahora piensa en cómo se hace el café. Cada uno tiene una lista de las mejores maneras de preparar el café. La de Ana, comienza con la Nespresso y la indicación señala: apretar un botón. Pero Pedro prefiere la italiana: se llena de agua la parte octogonal de abajo, hasta donde indique la marca, se pone dos cucharadas de café en el embudo, se cierra el recolector, se tapa. *Il raccoglitore*, como dice el manual. Le gusta decir esta palabra. Es bella y ridícula. Se pone al fuego.

¿Un café?, ¿Llevamos al perro?, vuelve a preguntar Ana, y Pedro pregunta si no vienen los niños. ¿Un beso?, piensa Pedro. Dice que sí, que sí un café, que sí se lleven el perro. Que no vienen los niños. Ana sirve en las tazas que dicen Free Tibet. Pedro le da un beso, y es, una vez más, una circunstancia que pasa rápido. Lo que se demora en apretar el botón de la cafetera eléctrica. Ana llama al perro, le pone la correa, lo lleva al garage.

En el coche no hablan mucho. Ana pone algunas canciones y cantan. Pedro quiere hablar del perro, quién se lo lleva, no han hablando de eso. Pedro quiere hablar de las maderas rotas, de esta casa que se cae en cualquier momento, pero más temprano se había prometido no decirle nada a Ana, y de hacerse cargo de arreglar el asunto. Otra promesa que no cumplirá.

Pedro mira de reojo a Ana, el cuerpo de Ana. Los pechos, la panza, las piernas que se cruzan. Se excita. Sacaría ahora mismo la mano del cambio de marcha para acariciarle las piernas y hundir un dedo en el sexo, húmedo. Siente el suyo moverse en el pantalón. Ana le pregunta si sabe algo de la mudanza. Pedro dice que está todo arreglado. Ana cambia de tema. Ni sexo ni cajas de mudanza. Llegan pronto al aeropuerto. Con la nueva autopista no se demora más de media hora.

Suena el teléfono de Ana. Demora en sacarlo del bolso. Es la Pingüina, dice que ya llegó, que no se estacionen, que los ve en la puerta dos de llegadas internacionales.

Ana la abraza, Pedro guarda la maleta y el perro ladra. Ana le pregunta a Pedro si no le molesta que vaya atrás con Michelle. Le dice que no, aunque parezca un taxi ilegal, pero con un perro. Se ríen. Al final de cualquier relación, los chistes tontos duran más que los besos, que duran menos que apretar el botón de la cafetera, pero que son de las pocas cosas que mantienen la unión.

Pedro propone dejarlas en casa, quiere salir a caminar. Michelle prefiere que las lleve al hotel. Pedro las invita a tomar algo, pero ellas insisten en que ya tienen reservación en el hotel. Tenemos que ponernos al día, dice Michelle, como si el encuentro físico mitigara las llamadas por Skype que se hacen cada semana. Era un ritual con el que Ana montaba la escena inmediatamente, se maquillaba, peinaba, acomodaba flores detrás de sí, para que la amiga la viera del otro lado impecable.

Michelle cuenta que se regresa mañana mismo. En el avión de las nueve. Que quiere llegar a comer con los niños el 25. Que ahora están con la nana y a la noche van a cenar con el padre. Que se negaron a venir porque la operación de la niña no había salido bien, o mejor dicho, la rehabilitación estaba siendo más complicada de lo que se suponía. Cuenta la Pingüina que está bien, pero que todavía no se le deshinchaba la nariz. No es que le fuera a quedar mal, pero que por el momento era un monstruo, y no quería que nadie la viera así, y mucho menos quedar en las fotos con esa cara. Ana le pregunta si iba a quedar bien, y Michelle le dijo que sí, aunque no sabían cuándo. Pero si de esta no sale bien, la operamos otra vez.

La Pingüinita tiene doce años y unas cuantas cirugías estéticas. No es que naciera con alguna malformación o sufriera algún accidente. La primera vez que la operaron, fue simplemente porque a los padres les parecía que la niña no era tan bonita como ellos. La familia de Michelle, sobre todo su madre y sus hermanas, siempre han tenido una alta estima de su imagen. Se saben bellas entre la parva de feos que pueblan este mundo.

La tercera vez que la operaron, la de hace un par de semanas, fue porque una vez separada del padre de la niña, Michelle no quería, así lo había decidido y se lo decía a todo mundo, que a la niña le quedara el mínimo rastro de él. Sobre todo en la nariz, que aunque de prominencia semítica, había sido drásticamente esculpida cuando era chiquita, en un memorable fin de semana familiar en una clínica en Miami de la que los tres, padre, madre e hija, salieron con sus tres narices nuevas de una similar perfección.

Nadie veía mal las excentricidades de Michelle y de David, antes el Pingüino, su esposo. Ni siquiera el primer fin de semana que salieron juntos, cuando aparecieron con un mismo tatuaje, una pequeña lágrima en la muñeca izquierda, a la mañana siguiente de haberse conocido, después de un concierto de U2. De hecho, desde el momento en el que empezaron a salir, poco tiempo después que Ana y Pedro, en cada encuentro, o llamada por teléfono o por Skype, esperaban ansiosos las novedades de los Pingüinos, como se espera un capítulo nuevo de un reality show o alguna serie de locos.

Se mudaron a Estados Unidos apenas se casaron, porque a David lo nombraron director de una sinfónica, y allí siguen, con sus niños Mariela y Memo, el niño obeso de diez años que nunca sale en las fotos y al que solo ven una vez al año, cuando vienen para Navidad o Año Nuevo.

Esta vez a la niña le operaron la nariz, y le volvieron a retocar las orejas, que ya habían sido recortadas en una otoplastia cuando tenía ocho años, porque según el padre se veían demasiado sobresalientes en las fotografías de la escuela y en las de vacaciones. En una foto de un viaje a Punta Cana, cuando Michelle la publicó en sus redes sociales, unos amigos la llamaron elfo. La verdad es que nunca fue muy bonita, piensa Pedro, pero se suponía que estas operaciones la iban a dejar mejor. Pero Michelle dice categórica que ahora que empieza la adolescencia no tiene por qué sufrir con cosas que tienen solución. Estas cuestiones en Estados Unidos son muy fáciles, por suerte, y con que tengas el médico indicado, el presupuesto preciso, todo se puede hacer.

Michelle llama por Facetime a sus hijos para decirles que llegó bien y que saluden a los tíos, al perro. Son esta clase de amigos que a los hijos obligan a decirles tíos. Tía Ana, tío Pedro. Los niños demoran en responder y cuando lo hacen se niegan a conectar la cámara. Mariela saluda a Ana con cariño, pero no quiere que la vea. Ana insiste, pero mejor apaga el video y se quedan con el audio, mientras la niña le cuenta, prácticamente repitiendo lo que le dicta la madre, cómo quiere que le quede la cara. ¿Viste a Kate Perry?, le pregunta la niña a Ana. Así quiero ser. El niño no habla. El perro ladra.

Cuando cortan, Ana le pregunta a Michelle si el padre está enterado y qué opina. Algo debe decir, piensa. Esa es la forma de Ana de manifestarle a su amiga que no está tan de acuerdo.

Nunca se lo dirá directamente. Ana nunca buscará pelea ni discusión ni un enfrentamiento con nadie. No lo hace con Pedro, mucho menos con Michelle. Insinuará su opinión preguntando por otro, por el otro, para ver si ahí encuentra a la distancia un cómplice de su desacuerdo, pero al mismo momento de pronunciar la pregunta ya siente culpa porque sabe que ella podrá reclamarle que esté del lado de David. Prefiere mostrarse ofendida si una opinión la contradice, a imponer la suya.

Pero Michelle responde con una retahíla de insultos contra él, ese David que todos conocen muy bien, que, parece, no lo dice Michelle pero lo dejó entrever hace unas meses atrás, se fue con la niñera. Todo es tan telenovela mexicana que no se puede creer, dice la propia Michelle mientras enciende un cigarrillo. Al perro no le gusta el humo, pero nadie dice nada. A pesar del frío, Pedro baja el vidrio.

Ana no cuenta nada de lo que están pasando Pedro y ella. Pedro observa por el espejo retrovisor que gesticulan de cierta manera que deja en claro que hay cosas que no debe oír. Hay como una proclamación de confesionario, a pesar de que Ana es una conversadora pasiva que solo le dice sí o ajá o mmmclaro, a la amiga que habla y le cuenta otra vez lo de la cirugía de la niña y del hijo de puta del ex.

Pedro y Ana no le contaron a nadie que van a separarse, ni a sus familias, ni a los viejos amigos que hoy convocaron en la casa del mar. La pila de cajas, los libros recogidos, las canciones del final son hasta ahora su mayor secreto. Pedro solo le contó a su padre. Y por no decirlo, ni siquiera lo charlan entre ellos. A veces parece que incluso se lo quieren ocultar a sí mismos. Hace solo dos semanas pudieron ponerse de acuerdo en que la mudanza sería entre Navidad y

Año Nuevo. Y no volvieron a hablar del asunto, hasta que hoy Ana preguntó si estaba todo bien con la mudanza y la inmobiliaria, mientras él pensaba acariciarla a 80 kilómetros por hora. ¿Un café? ¿Un beso? ¿Todo bien con la mudanza?

Ana no habla. No cuenta, no dice. Responde con un mmmmclaro cada cosa que comenta Michelle. Pedro ve por el retrovisor los ojos de Ana. Hay desaprobación, cansancio o simplemente ganas de bajarse de este auto y salir corriendo. Como el perro, molesto por el humo. Ana tiene ganas, cree Pedro, de decirle a Michelle que se calle, de decirle a Pedro que se vaya a la mierda, de decirle al perro también un par de cosas. Ana no dirá nada. Sonreirá de esa manera suave y gentil que tiene. La sonrisa de cuando llega a la casa, de cuando duerme, de cuando pone la cafetera, de cuando le da un beso sin demasiado deseo, pero todavía con amor.

Ana no sabe discutir. En cualquier controversia le cuesta imponer su opinión. Ni siquiera de expresarla. Ana, durante mucho tiempo, creía que la única manera de ser valiente era decir lo que pensaba, expresar argumentos contra el otro y ganar.

Ana que aprendió mucho mejor que nadie a cómo vivir la vida, supo pronto que la valentía pasaba por otro lado, y que las discusiones las ganan solo aquellos a quienes le importan. A Ana no le importa discutir. Por lo tanto, mucho menos ganar una discusión. Prefiere el silencio ante el caos, lo sabe bien Pedro. Ana ve cómo los demás procuran enfrentamientos y discusiones por la mayoría de los temas. Puede ser terca con el color de las paredes, pero esa es su manera de abrir la puerta para pelear por otras cosas.

Si la operación de la nariz de la niña, si el nuevo presidente, si es mejor el frío o el calor. Si el edredón se lo queda

Pedro o ella, si el color de la pintura. Si el coche lo venden ahora mismo o en unos meses. La empresa de mudanza. Ana lo tiene anotado en una libreta de hace muchos años: Cosas que me gustan de Pedro: no sabe discutir, es como yo.

La que habla y habla es Michelle, que ahora dice que está defendiendo a la violinista que habían relacionado con un capo narco, la misma que en algún momento, esa que cuando era apenas una adolescente, había sido la protegida de von Karajan. La había conocido en una misa que habían hecho en Bolonia por la muerte de Abbado y que había reunido a los principales directores del mundo, entre ellos a David Riscalt, su pingüino exmarido. Una misa comunista, aclara Michelle. Allí la violinista, muy famosa, ¿te acuerdas que fuimos a verla hace un par de años cuando tocó en el Nacional?, le pregunta a Ana, cuando todos cruzábamos la Piazza di Santo Stefano, se me acercó y sin siquiera quitarse el velo negro y con un café en la mano, me contó que se había relacionado de manera ingenua, por así decir, con un empresario, que resultó ser uno de los capos del narcotráfico más peligroso, aunque, todo hay que decirlo, muy atractivo y gran benefactor de la música clásica mundial. Pero todo ese flirteo de aviones privados, cenas en Viena, compras en Abu Dhabi, promoción de sus conciertos, cruzó la fina línea, la línea que parecía imperceptible en esa relación entre el ligue y la prepotencia, entre la pasión y la violencia, y derivó a todas luces en un acoso sexual.

Sonia, la violinista, cuenta Michelle, quien ahora le cuenta a Ana en los asientos de atrás del coche que pronto tendrán que vender, que no hay abogado en el mundo que quiera defender a esa mujer. Los del ambiente, los que conocen su historia con von Karajan son los peores, dice. Pero la mayoría es porque no tienen ni la mínima intención de jugarse el pellejo por meterse en medio de una disputa legal y sexual entre una violinista, una de las mejores del mundo, eso sí, y el narco, el más poderoso de este mismo mundo. Cuenta que ahora se hizo famosa no solo en Medici TV y en el *New York Times*, sino también en Univisión, interesados por las historias de amor del capo, por lo que tiene que salir todas las semanas ante los periodistas, y que ya se convirtió en la estrella de los chismes del Festival de Salzburgo del último verano. Pero aclara que está feliz, cuenta e insiste en que está feliz. Que lo de David es lo de menos, comparado con el gran momento profesional que está viviendo. Que con esto, en menos de un mes, ya pudo cambiar la camioneta.

Michelle nunca le pregunta a Ana cómo está. A nadie le pregunta cómo está. Ana, a pesar de eso, intenta colar que se va a Los Ángeles, dos meses, y que de ahí podría ir en febrero a Nueva York, al estreno de *Così fan tutte* en el Metropolitan y le pregunta con quién va a ir y Pedro no oye qué responde, porque acaso no responde nada o hace alguna mueca que él no puedo ver. Michelle le dice que lo ideal es que se encuentren allí y que venga Emma para que estén las tres, y que de paso vean algo en Broadway después de tantos años. Como cuando eran jóvenes, dijo Michelle. Y Ana, Ana que siempre quiso despegarse de eso, verse en un espejo diferente al que se veían sus amigas, buscando un lugar entre los lugares del mundo donde quepa una mujer como ella.

Michelle es la primera amiga de Ana. Desde la adolescencia, llegaron juntas al conservatorio. Michelle abandonó a los pocos meses, pero alcanzó a armar el grupo que esta noche se reúne en la casa del mar. A pesar de vivir en el extranjero, ponía empeño en venir de vez en cuando, aunque estaba todo el tiempo conectada a todas las posibilidades que le daba su teléfono.

A ojos de Pedro, Michelle es una tipa atrapada en el cinismo. Confunde inteligencia con ironía, y no sabe hacer ni decir nada sin un juicio de por medio. Todo el tiempo tiene una frase pretendidamente lapidaria contra el otro, su supuesto humor no desprende más que amargura, una manera de pedir permiso, de decir ya llegué, aquí estoy, mírenme y ríanse con mis bromas, mi hiriente visión del mundo, mi sarcasmo por todos ustedes, que es el desprecio que tengo por mí misma.

Si se queda en silencio un segundo, ves cómo súbitamente se apodera de ella una profunda depresión. Por eso, siempre tiene a mano comentarios adecuados, información precisa, consultada diligentemente en el teléfono cada cinco segundos, de un teléfono del cual no se desprende jamás, todo el tiempo teniéndole que decir a alguien, a otro al otro lado, una ironía, una frase o un chiste. Toda una vida así. Qué desgaste.

Astuta como las ballenas azules, que son diestras en la profundad, pero zurdas cerca de la superficie, lo hacen para poder atrapar mejor el alimento, el cril.

Para Pedro, ella es de las que buscan congratularse con la gracia o el favor. El chiste fácil, vano, constante. Por cada situación, comentario, una broma previamente calculada, ensayado frente al espejo del baño. Siempre con google a la mano, para lograr el comentario oportuno y, por qué no, hacer suponer a algún incauto de su inteligencia.

Rodeada del tipo de personas que la aluden o la aplauden, pero que a escondidas intentan huir de ella, el truco de magia no le dura mucho tiempo, una o dos veces, quizás un poco más si no te enfrentas a él muy seguido. Sus amigas eran mujeres más chicas que ella, fans efímeras. Pero sus crisis de depresión, a las que caía cada vez que sus chistes no encontraban efecto en su interlocutor, es decir, constantemente, la dejaban tirada en el pozo de la desolación. Sin embargo, su fuerza de voluntad la hacía levantarse cada mañana y elegir una nueva guerra, cualquiera que esta fuera, incluso contra el tráfico de la ciudad, por qué no, que le devolvía la vitalidad y las ganas de seguir. Esas peleas, esas corridas contra obstáculos que nadie le imponía, solo saltos que ella misma debía darse por alguna razón que sus escasos intentos de terapia no le había podido dilucidar, le duraban como las burbujas de unas vitaminas disueltas en agua.

El día era demasiado largo para aguantar tanta presión: una separación conflictiva, unos hijos malcriados, una madre déspota y castigadora, un trabajo mediocre, y el éxito, lo que ella llamaba éxito, vanas cosas para sus amigas, eran una tortura de veinticuatro horas. Que no cayera en las drogas era, por qué no, uno de sus éxitos verdaderos.

Tarde

7

Ya casi deben salir, dice Pedro, mirando el reloj. Acomoda las bolsas del supermercado. Las lleva a la cocina, nota que ha bajado la luz que entra por la ventana. El perro le pide comida y busca las croquetas, pero recuerda que se acabaron y olvidó decirle a Ana que trajera. No lo anotó en el pizarrón de la cocina donde se escriben las cosas que son urgentes en la lista de la compra, pero también donde Ana tiene su lista de cosas que no le gustan: alcaparras, anchoas, champiñones y más.

Comenta a Ana que este diciembre anochece demasiado temprano.

Antes de la última despedida, días antes, meses antes, una pareja prefiere hablar del clima, de la subida del precio del pescado, quejarse de algún político. Pocas cosas más. Para qué más. Y esta noche tempranera llega como un soplo, como un pacto de sangre, de silencio, un pacto de palabras vacías que ya no merece cumplirse. Pedro guarda el champán en la heladera. Deja las verduras sobre la mesada. Toma un apio y lo lava. El perro lo mira con hambre. Oye a unos niños en la calle que pasan cantando con campanillas en las manos que hacen sonar entre risas. Escucha ese tintinear como oye lejos el ruido de la lluvia que se desliza sobre el cuerpo desnudo de Ana para estallar sobre los azulejos verdes del baño. Afuera hace frío. Los niños bailan y juegan. Esta noche es Nochebuena.

¿Llamó el de la inmobiliaria?

No.

Preguntarse por la inmobiliaria es otra manera de decirse cuándo te vas, no te vayas, vete a la mierda, no te quiero ver más, no me dejes, no sé vivir sin ti. Todo depende del momento; la manera de sacar el tema, de darle sentido a la lista de libros pegadas sobre las cajas de cartón, a la pila de estas cajas ocupando la sala principal, que dice Pedro que se parece a la escultura enorme que está en la playa de Barcelona. La estrella herida, le dice Ana. Un buen nombre para replicarla entre los sillones, el piano, la televisión.

Pedro oye a Ana murmurar una canción. Es la manera definitiva del adiós, cuando uno conoce canciones que el otro no ha escuchado.

Se quedan en silencio. Ya no se oyen niños en la calle, ni canciones en la casa. Ana prepara unas salsas para la cena. Pedro se apoya en el borde de la puerta y la observa en detalle. Ya está vestida, se ha puesto los zapatos que le regaló para el cumpleaños, y la falda negra con brillos que compraron en un viaje a Nueva York. La falda es corta, Pedro observa la piernas apretadas en las medias de invierno, gruesas, de lana. Cuánto le atrae Ana. Pedro nota que ha engordado un poco y eso le gusta aún más. El delantal le ciñe sobre el pecho ajustado de la camisita de Zara que buscó hoy de urgencia con el pretexto de tener algo para estrenar. ¿Por qué puede gustarte tanto más alguien que no volverás a ver?, se pregunta Pedro. ¿Qué se hace con eso?

Pedro enciende un cigarrillo con la única excusa de detener un momento el tiempo, y la mira, la mira a sabiendas de que no volveré a verla así, de espaldas haciendo las cosas para los dos, en el ritual más poderoso y sencillo del amor, ese momento en el que uno de los dos corta verdura, atiza el fuego o abre una botella de vino y sirve las copas y prepara el comedor para la cena y muy probablemente prende, de vez en cuando, unas velas, todo mientras el perro hurga entre los pies; o uno de los dos trae flores a la casa, o pone la canción que se conocen de memoria y les gusta bailar desde hace diez o quince años, o cantan juntos la canción de la niña del concurso de talentos de la tele que han visto en YouTube.

Pero ahora Pedro está apoyado en el umbral de la puerta de la cocina. Mira el reloj grandote y piensa, al mismo tiempo, que deben apurarse, y que no. Siente la madera desgastada sobre la parte alta de la columna y ve a Ana, que entre el humo del cigarro corta un apio, un poco de cebolla, pica nueces, perejil. Luego, con cierta furia o determinación, en un gesto que es fácil de confundir en una mujer como Ana, exprime un limón, mezcla todo con mostaza de Dijon y queso crema y sal y pimienta, y todo en unos movimientos coreográficos que son los del baile de estos momentos ínfimos, pero absolutos de la vida juntos. Y a la vez, llora y llena la cocina al olor de la comida y el humo del cigarro y Pedro la mira, y se contagia de nada, de absolutamente nada, porque el llanto en estos momentos es un virus, lo que acaba uniéndolos en la larga despedida, en la última cena, en la expiación de los pecados, en la tristeza y en la ilusión del futuro, de otros futuros que no sabemos cómo serán, al final el fin, por fin, en el que cómo no lo hicieron antes, en el no me dejes, no te vayas, abrázame, quiéreme como me querías antes, nadie me querrá así, tenemos que salir corriendo.

¿Quieres hacer unos grisines?, pregunta Ana. Me olvidé de comprar galletas.

¿Hay harina?

¿Te prendo el horno?

Ya ni comentan que se está haciendo de noche más temprano. No comentan ni siquiera ese tipo de cosas. Pedro amasa los grisines y prende el horno. Le pone especias y en diez minutos los tiene listos. Le dice que va a comprar la comida al perro, hay que salir de este lugar, pero Ana le responde que en la alacena hay una bolsa entera, Pedro dice que no la había visto, le dice que vea bien, le dice que sí, que tiene razón, que ahí había otra bolsa, que la alacena del cuartito de lavado está llena de cosas como para sobrevivir un mes sin ir al supermercado, le dice que el otro día estaban en oferta, en 2x1, y todo eso. No comentan el clima. No comentan el precio del pescado. Comentan las cosas almacenadas. Otra manera de no decirse nada.

¿Qué vamos a hacer con tantos paquetes de arroz, de detergente para la ropa, de cajas de leche deslactosada? ¿Lo vamos a dividir en partes iguales?, piensa Pedro, que de todas maneras quiere salir, buscar otra excusa para irse en la moto y estar fuera el tiempo que sea necesario para escapar del paisaje de la espalda de Ana en la cocina, del lunar en su omóplato, de los movimientos del amor que los mantuvieron juntos tanto tiempo; pero afuera hace demasiado frío y tose, y ella le dice que se abrigue, que no se le ocurra salir, dice salir por no decir escapar, y que le hace un té con miel y jengibre.

Pedro se sienta al piano, abre la tapa y procura tocar, como desde hace años, una canción que no le sale bien, a pesar de que la ensaya, la intenta, e incluso a veces piensa en ella cuando está bajo el agua. Pero Pedro no evoluciona en asuntos musicales, y parece que siempre está empezando de cero. Vuelve a despedazarla a las pocas melodías, y esta canción, que a su manera es especial, la aprendieron juntos hace años, pero no acaba de consumarse, así que la abandona de a poco y al cabo de un momento empieza a improvisar cualquier cosa, algo sincopado que, o será por el frío de diciembre o por el borde de adentro de un divorcio, le sale un algo melancólica.

Presiona con demasiada fuerza ciertas teclas, y Ana lo ve desde la puerta de la cocina, con un cigarrillo en la mano, con el delantal ajustándole la cintura, se recarga en el umbral, en la misma madera gastada en que él se apoyó para verla cocinar, y lo observa con cariño, con cierta lástima porque nunca le sale esa canción, y a ella, con él, tampoco.

Se miran con amor, porque el problema de este tipo de amor es que nunca se acaba, y él disimula que ella no lo mira, y sigue como si supiera todas las canciones del mundo y tiene ganas de llorar y es un tipo que toca mal el piano, pero que a ella le gusta, se gustaban, y les alcanza, les es suficiente esa medianía amurallada contra las rocas de la existencia, les alcanzaba para encerrarse en esos momentos en el que quiere regalarle cada una de estas canciones inventadas, y ella, que fuma-lo mira-lo ama-le dice adiós, mientras él insiste en sacar música de entre las cajas de la mudanza.

Ella se acerca, apaga el cigarrillo en el cenicero del neceser donde está el florero y el portarretratos de su foto en Milán, y cuando él la ve venir, la oye venir, la huele venir, empieza a tocar los primeros acordes de la canción fallida y ella se sienta a su lado, tocan entre los dos, y canta, Ana canta pero esta vez no como siempre, sino de una manera tan suave que lo hace casi en silencio, como un rezo o un mantra, o una pequeña súplica, o un pedido de deseo frente a la torta de cumpleaños: … *and the linvin' is easy*. Pero

85

tienen la mirada baja, y no se atreven a mirarse a los ojos, les da miedo volver a conectar algo que ya está desconectado, se preguntan qué miedo es el que los hace valientes.

Observan cómo se mueven sus veinte dedos presionando las teclas y haciendo brillar, ir de aquí para allá, los dos anillos de boda, estos mismos anillos que en cualquier momento acabarán perdidos, enterrados en alguna caja, bajo alguna lista, apilada sobre otra caja de la estrella herida que tendrá papeles, documentos, algunas fotos y el reloj y el portarretrato con la foto en Milán, esa en la que están los dos parados, sonrientes y abrazados, con unos abrigos enormes y unas bufandas rojas de alpaca. Se habían comprado dos bufandas iguales, frente al Teatro alla Scala, en una mañana de febrero, después de tomarse el café en la piazza y una hora antes de una audición para el futuro de Ana que nunca llegó.

¿Cuándo se quitarán los anillos?, se pregunta Pedro. ¿Esta noche al acabar la cena de Navidad y del cumpleaños cuarenta de Pedro? ¿Se lo quitará Ana en la mañana a la hora de pasar por el control de metales del aeropuerto? ¿El policía le dirá que no es necesario que se lo quite, que el oro no suena, pero ella se lo quitará de todas maneras, lo pondrá en la bandeja junto al iPad, el reloj, la cartera, el cinturón, y luego recogerá todo y se pondrá el reloj, el cinturón blanco sobre la falda azul, guardará el iPad y la cartera en el bolso y dejará olvidado el anillo del matrimonio, olvidado en la bandeja de plástico gris? ¿Tomará el avión sin su anillo de casada? ¿Será con este gesto tan chiquito, su manera de empezar la nueva vida?

De pronto, este ensayo de cariñosa despedida se ve interrumpido por un fuerte olor a chamuscado que los invade desde la cocina. En la cocina, como en el amor y en el desamor, pasa el tiempo sin que nada pase. Hasta que de pronto, de un momento a otro, algo combustiona, estalla, se materializa. O se pasa, se quema, y ya no sirve.

Se queman los grisines. Ella sale corriendo.

Pedro oye cómo quita la bandeja del horno y la tira sobre la mesada con violencia, o con determinación, ese gesto que a veces confunde. Pedro la escucha llorar, pero no se levanta del piano. El humo negro llega hasta la sala, donde él se queda sentado mirando las palabras Steinway & Sons, y piensa en ese Steinway y en esos hijos, en este piano del abuelo que le regaló su padre. Piensa si será padre.

Ve el apellido de ese padre grabado aquí, dorado, con letras pequeñas sobre el atril de las partituras, en la madera brillante donde reflejan las luces del árbol de Navidad, que se prenden rítmicamente y así, a buen tempo, se vuelven a apagar. Y él, en silencio, rodeado de humo, con el perro hambriento entre sus pies, intenta cantar, en el invierno final de su vida con Ana: *So hush, little baby, don't you cry...*

8

Pedro Ruiz cierra las ventanas, vuelve a repasar la casa, sabe que allí están las termitas en los cuartos de arriba, observa la madera roída de la entrada, y busca algo de comida para el perro. Ana cierra los tuppers y los guarda en una bolsa. Comenta que no ve bien al perro.

Resuelta algunas cosas para cerrar la casa por una noche, emprenderán el camino hacia el mar. A esa casa del mar donde durante años la madre de Pedro esperaba puntual la reunión de unos hijos, de los nietos, de los perros. Algunos amigos, o la familia de Ana, que ha pasado varias navidades en este lugar. Pedro Ruiz hace un recuento rápido de las últimas navidades y sus cumpleaños en esta casa. Los hermanos, los niños, los perros.

Ahora vendrán Greg, Michelle, Jota Jota, Emma, amigos de toda la vida. Será la despedida de un matrimonio al final de los tiempos.

Piensa Pedro que esta es la última noche en la que pasarán la Navidad todos juntos, y que va a cumplir años, cuarenta, al lado de Ana. A las doce, buscará su beso, como siempre, y escuchará un feliz cumpleaños, feliz Navidad, brindarán con champán, pero mañana, mañana piensa Pedro, ya tendrá cuarenta años y Ana estará tomando un avión a cualquier lugar y la casa de los dos, el perro, el edredón, el coche, las alianzas de oro, las termitas, la ballena sentada en la sala, la lista de los gastos, nada de eso será ya de los dos.

Antes de salir, Ana acaricia al perro, que está tirado en el pequeño jardín de la entrada. Está enfermo, dice. Algo tiene. Vomitó. Lo dejaremos. Pero le gusta el mar. Mejor que se quede en casa. Que se quede en casa. No, que venga.

Al lado de las cajas de la mudanzas, Ana dispuso de un par de bolsos, las bolsas del supermercado, un saco para Pedro. Y una valija grande. Pedro sube todo al auto, y se detiene en el detalle del peso de la valija grande, que es todo lo que Ana se llevará a Los Ángeles.

Voy directamente al aeropuerto, explica.

Ana le pregunta por su padre. Pedro le cuenta que lo vio bien, que fueron a comer, le cuenta lo del partido, le dice que le dijo que se van a separar. Ana no escucha cuando Pedro pronuncia esa palabra; sin embargo, asiente con un mmmmclaro. Hacen silencio. ¿Cuánto dura el silencio en el último día?, se pregunta Pedro. El amor cuando calla es pesado como el silencio de las ballenas en la noche. El silencio de las ballenas es atronador. Hay un tipo de ballenas, las zifios, que usan el silencio como un arma de defensa. Cuando están próximas a la superficie no emiten ningún ruido. Callan. Temen. El silencio por miedo o el silencio por protección. El silencio para cuidar al otro. El silencio, como forma de amor.

Mientras se masajea las manos con una crema de almendras, Ana le pregunta qué dijo su padre. Pedro hace otro silencio. Quiere mentirle, quiere decirle algo que no dijo su padre. Pero no le sale. Preguntó si estás embarazada. Ana abre grande los ojos. Y que cuánto pesa el corazón de una ballena. Se ríen.

Ana sube al baño, se encierra. Se oye el ruido de la cerradura en la puerta de un golpe seco, la llave la clausura en el segundo piso de una casa que vive por última vez.

No hay ducha ni vapor ni canción conocida o desconocida. Hay silencio. Entra el perro, y se acomoda, dolorido, al lado de la calefacción.

No hay ruido. Pedro está inmóvil frente a la sala en la que muchas veces fueron felices, otras no. Observa los estantes de los libros vacíos, el piano cerrado, el árbol de Navidad, los cuadros en el suelo, las cajas de la mudanza apiladas, las listas, el índice alfabético sobre las cajas. Mira el panorama con dos bolsas de supermercado, que le pesan por toneladas, y desea dejar caer. El silencio. Dejar caer las bolsas del supermercado, la botella de champán sobre el silencio, piensa Pedro. En eso, cree que oye un llanto de Ana en el piso de arriba. Pedro se encierra en el baño de abajo, e intenta llorar, pero no lo logra. Se mira al espejo, intenta masturbarse, pero tampoco le es posible.

Ana baja por la escalera. Observa la sala donde ya nada está en su lugar. Desenchufa las luces del árbol de Navidad. Salen de la casa sin mirarse, sin decir nada, por defensa, por protección, por amor. Cierran la puerta y el golpe desprende una parte de la madera del marco. Las termitas. Le cae polvo sobre la cabeza, el pelo, los hombros.

Ana le abre la puerta del coche al perro. Salta sin el ánimo de otras veces. Se sientan. Los tres miran hacia adelante. Ven las repisas del garage, llenas de cajas, una pala, herramientas, la cortadora de césped, un aro de básquet, guantes de box, la moto de Pedro, una llanta. Seguramente los dos están pensando en que a ninguno de los dos se les ocurrió hacer una lista de esto, y guardar lo que hay aquí para la mudanza. Razona Pedro, justificándose por si fuera necesario, que todo esto va con la casa. Que aún tiene un par de semanas para organizar todas estas cosas, antes de firmar con los de la inmobiliaria.

Observa a Ana que observa este paisaje por última vez. Están en silencio. Miran la nada de la casa: una llanta, una moto, un aro de básquet. El fin del amor es poco más que los objetos de la cotidianidad arrinconados en un garage a punto de derrumbarse.

Pedro enciende el auto. Mira a Ana, Ana le sonríe, le acaricia la mano con el tacto de almendras, prende la radio, busca algo de música, mientras salen lentos, muy lentos, de la casa, la calle, los árboles, el decadente paisaje de la Navidad, el barrio en el que han vivido los últimos años de sus vidas. El perro se acomoda para dormir. Queda detrás la casa llena de bichos que la engullen. Y es la última vez que lo hacen juntos.

Mañana todo será tan diferente. Pedro tendrá cuarenta, Ana estará en Los Ángeles. A partir de mañana, en la lista de Pedro de las cosas que le gustan de Ana ya no será posible repetir eso de salir cantando en el coche hacia la carretera.

El termómetro marca doce grados, Ana sube la calefacción. Hay viento, los árboles se tambalean con las pocas hojas que les quedan, los Papás Noel de plástico en los jardines y las luces de las Navidad visten en vano la paz de las casas de este barrio, que ya no volverán a ver juntos.

Salen a la carretera sin decir nada. La sonrisa de Ana, la sonrisa de Pedro, la caricia en la mano, las ganas de Pedro de atraparle la mano con los dedos dura un buen tramo, y eso basta. Ana busca música en su teléfono. Pedro le dice que por qué no canta. Ana lo mira y le sonríe, acaso con tristeza. Canta, le insiste Pedro cariñoso. Ana sigue buscando música. El GPS les marca dos horas de camino. Hay tráfico. Llegarán a las cinco a la casa del mar, a la casa de la madre que siempre los esperaba con un trago en la mano y con regalos. La casa que durante mucho tiempo fue de una familia, de niños, de perros. No le compramos nada a los chicos de Jota Jota, recuerda Pedro. Los compramos allá, dice Ana. Encuentra una canción. La pone. Sube el volumen. Al primer acorde, Pedro sabe qué canción es. Es, por suerte, una de esas que conocen los dos. Respira aliviado.

Demoran en llegar a la cabina de peaje. Ana sigue poniendo música. Pedro constata que las conoce todas. No hablan. No se dicen nada. Esas sonrisas de la salida de la casa aún sobrevuelan en el aire. Pero la llanta abandonada en el garage, las termitas comiendo la madera, y el perro enfermo, también. A lo mejor, con esto les basta.

Ana pone otra canción, que cantan juntos. Por fin oye a Ana cantar. Otra vez. Última vez. Canta eso de *I'll be seeing you, in all the old familiar places…* Te veré en todos los lugares que conocimos, los lugares familiares, los lugares que nos conocemos de memoria, los lugares verdaderos. Pedro respira profundo, se llena del aire de Ana cuando canta, que es el lugar de verdad en el que ama. Pedro inhala. Los pulmones están llenos de aire, de la voz de Ana, del fin del amor. Exhala poco a poco, mientras toma la curva camino al mar.

A lo lejos, se ve poco del paisaje. Hay bruma y frío y viento y la vida sin Ana. No ve nada. Pero sabe el camino de memoria. Sabe cómo llegar allí y cómo volver. Pero no sabe cómo es el camino que sigue sin Ana. No se ve. Pedro no ve nada. Ana canta *I'll find you, in the morning sun,* pero de eso ya no habrá. Mañana hará frío, no habrá sol, Pedro tendrá cuarenta años, Ana tomará un avión y se irá. El perro los mira, enfermo. Nunca hablaron de con quién se quedará el perro, pero Pedro tendrá que cuidarlo. Hay mucho tráfico.

Pedro recuerda el último viaje con Pedrito. Fue hace dos años. Recuerda que querían salir temprano para llegar al mar a la hora de la comida, y aprovechar la luz del día. Pero esos meses había desabasto de gasolina, y no se podía conseguir por ningún lado, y tuvieron que recorrer más de diez estaciones de servicio hasta encontrar una, muy en las afueras de la ciudad, que les llenara el tanque. Eran casi las cinco de la tarde, y todavía no salían, recuerda Pedro. Los niños estaban en la puerta del club, con sus bolsos y ansiedades esperando ir al mar para la competencia federal de natación. La conversación se disipaba entre los padres que se quejaban del retraso del autobús, y los que justificaban todo lo que estaba pasando por la escasez de gasolina. Entonces Pedro llamó al club para avisar que llegarían directamente a la cena, y le dijeron que los otros clubes llegarían, en el mejor de los casos, a la mañana siguiente, casi a la hora de la competencia, por la misma razón. Nadie tenía cómo mover coches y ómnibus para salir de la ciudad.

Pedro llevaba al otro Pedro, Pedrito, y a otros diez niños nadadores a la competencia más importante del año, donde Pedro, Pedrito, se coronaría campeón nacional, y quedaría clasificado para los Panamericanos Juveniles.

En esta época siempre había problemas de energía, y en esas semanas no había electricidad y a veces ni siquiera calefacción en las casas. Pedro recuerda los entrenamientos en el agua helada del club. Y ese viaje al Club Náutico con los niños en un autobús, con poca gasolina y el riesgo de quedarse en medio de la carretera.

Los niños hablaban de los Juegos de la Juventud, Nanjing, Buenos Aires, Dakar. A cuál llegaría cada uno. Pedro sacaba una libreta y les hablaba de los estilo de perrito, de pecho o baza, crol, libre, espalda, mariposa, buceo, sincronizado. Incluso de rescatismo. Tenía para todo una idea original, algo trascendente. Hacían cálculos de tiempo: cincuenta metros, cien, doscientos, cuatrocientos, cuatro por cien, cuatro por doscientos.

En ese viaje, recuerda ahora Pedro mientras deshace el mismo camino, salieron ya tarde, y a poco de salir de la ciudad, comenzó a hacerse de noche. La luz que caía sobre los pinos que bordean la carretera envolvían el ambiente en un marrón cálido y brumoso, como en una escena de algún cuadro de Turner, recuerda ahora Pedro.

Un camión insiste en rebasarlos, pero no puede. Piensa en Turner, porque piensa en Ana, porque piensa en un viaje a Madrid donde vieron esa exposición. La tarde después del diluvio. Madrid en verano, mucho calor, pero recuerda que pasaron toda la tarde dentro del museo, con el frío del aire acondicionado, deteniéndose varios minutos frente a cada cuadro de Turner, esos paisajes de invierno brumoso, iluminados por el sol metiéndose tras un lago. La tristeza de los dos, abrazados frente a los cuadros de Turner, esos días después de haber perdido otro embarazo, el último intento. La sobrevivencia a ese último intento, sí que era la mañana después del diluvio.

Piensa Pedro en ese cuadro, este paisaje en la carretera que también lo lleva a todo lo que ha sobrevivido al borde de sus cuarenta años: al amor de Ana, a ese abrazo desgarrado de Madrid, a su madre, a su padre, al amanecer de Venecia y a Pedro, Pedrito.

Viaja Pedro Ruiz por la carretera camino a la casa del mar. Viaja con Ana al lado, que pone música, a veces canta, o se queda en silencio mirando el paisaje. Le da agua al perro de una botella. Se le ve abatido. Afuera hace frío. Hay tráfico y no puede pasar los cincuenta kilómetros por hora.

Recuerda este mismo camino, hace más o menos dos años, en un autobús lleno de niños, preadolescentes que gritan, cantan, juegan con los iPads, o con otros aparatos que traían. Los menos conversan, o dibujan solos y nada más que uno mira el paisaje, como lo hace Pedro ahora, ve cómo la ruta atraviesa veloz por las ventanillas, los pinos corren, aparecen y desaparecen como aparecen y desaparecen las escenas de la vida a los catorce años, y nadie, por suerte casi nadie, se atreve o puede, mejor dicho, detenerse a observar los vericuetos de la vida incesante a esa edad. La edad en la que más o menos normalmente ya se han muerto los abuelos, ya se separaron los padres, y uno comienza a desconocerse a sí mismo.

Pedro observa también, a su edad, un día antes de cumplir cuarenta años, donde el que se separa o se muere ya es uno, cómo su vida aparece y desaparece como los pinos, los puestos de comida, los coches que dejan atrás cuando el tráfico lo permite y todo se tiñe en la noche y aparecen, y desaparecen, la luna, alguna que otra estrella, los sueños y los miedos.

Pedro Ruiz, la expromesa olímpica, ahora el entrenador de élite lleva a esos niños a ganar una competencia. A ser los mejores del país. A subir un escalón en su carrera de nadadores profesionales. Luego, en unos años, si todo iba bien, irían a las Olimpiadas. A las Panamericanas. Irían a enfrentarse a los mejores de todo el continente. Pero ellos lo sabían y a la vez no lo sabían. O no les importaba tanto. En ese autobús solo querían atrapar al monstruo del videojuego y pasar a otro nivel, querían reírse con el compañero de asiento, hablar de las chicas de la escuela, del gol de su equipo, de cosas que nada tenían que ver con las exigencias de los padres, de cada uno de los padres y cada una de las madres, de esas expectativas que habían puesto en cada uno de ellos.

Ellos, Pedro lo sabía mejor que nadie, querían ser niños normales. Nadie, absolutamente nadie, piensa Pedro, sabe qué es ser un niño normal, pero ellos no querían ser este experimento de la familia, lo de las medallas les daba más o menos igual, ya todos tenían una o dos, o incluso cinco medallas de las importantes, de las que los ponen bajo las miradas de los clubes más importantes, de las marcas que podían financiar sus viajes, sus ropas, sus estudios. Son niños que llegan al club antes de que salga el sol y se meten al agua y pasan allí las suficientes horas como para querer morirte de eso.

Pedro conoce esa emoción. Lo fue. Lo es, en la peor de las versiones de un nadador. Es el entrenador que les exige ser eso que nadie sabe, mucho menos ellos saben, si quieren ser. Los ve llegar cansados, se van más cansados aún. Un padre, una madre, un lo que sea, los deja en la puerta del club, antes de la salida del sol y los recoge tarde en la tarde, y cuando ellos creen que otros niños están jugando en su casa, con la playstation, o paseando en la plaza o cosas así, desconociendo que los otros, sin duda, están aburridos en una cama bajo un póster de algún equipo de fútbol, en un cuarto atascado de miedos y soledades, se meten a estudiar con unos profesores que paga una marca de gorros de hule para natación.

Estos niños, sus niños, le decía Ana, no saben más que los demás de lo que es el esfuerzo, ni de la queja, ni de los sueños, ni de las alegrías. Pero ellos lo viven porque han hecho una alianza con sus padres, siendo víctimas de ese acuerdo de cumplirles llevándoles una medalla, un triunfo. Los ha visto disculpándose, llorando, con esos adultos que tal vez sean inocentes en la superficie, por haber perdido una carrera, por haber salido tercero, cuarto. Disculpándose por haber salido segundo. Y a esos adultos, perversos adultos llenos de frustración, dándoles un abrazo frío, como diciéndole te disculpo a medias, en realidad no te disculpo. Pedro también pidió disculpas. Una vez que salió segundo. Una semana antes de que su padre le dijera que volara. Vuela, Pedro.

Ahora Ana pregunta qué canción quiere. No hablan de otra cosa. Tratan de decir cosas como estas, solo para que no se les seque la boca. El silencio del último viaje empieza en los ojos, y acaba en la garganta. Pedro ya no le pide que cante. Quisiera decirle Vamos al bar, empecemos de nuevo. Ridiculeces. Somos dos extraños. Ana elige una playlist y deja que corra.

En el trayecto, un par de veces los rebasa un Peugeot 208 con una pareja que va discutiendo. Lo ven en cámara lenta. Cincuenta kilómetros por hora en una carretera no es nada. Pedro y Ana los ven gritarse. La mujer le grita al que maneja. Un tipo tan alto que da la sensación de no entrar en el coche, que mueve la mano derecha como queriendo ahuyentar los dardos. Ella lo insulta. Ana cree reconocerlo, le comenta a Pedro que es Cabrera, que se parece a Cabrera, el crítico que una vez escribió bien sobre ella en un estreno. Por lo que Ana insistió en que debía invitarlo a su cumpleaños para agradecerle. Lo hizo dos años. Hay que ser amables, escribió de mí, decía Ana. El hombre golpea el volante con violencia. La escena dura los segundos que un coche demora en rebasar a otro. Unos cuantos segundos, no más. Pero una vez que los pasa aún pueden observarse por unos cuantos metros, desde atrás, la disputa en el diminuto Peugeot.

En un momento pasan a otro coche que iba más adelante, aceleran y pierden la maniobra. Casi se salen de la carretera. Pedro mira a Ana para ver si los vio. Ella hace un gesto de susto. No dice nada. Sigue cantando en voz baja.

Al cabo de media hora el tránsito se detiene por completo. Luego, lentamente se van acercando a la escena del accidente. Dos coches caídos por el barranco, personas gritando, los de Peugeot al lado del coche destrozado dado vueltas, ella a los gritos, él tirado en el suelo. Siguen discutiendo. Otros coches se detienen para ayudar a los heridos. La mujer tiene la cabeza y los brazos llenos de sangre. Pedro y Ana pasan, observando la luz de un cuadro de Turner sobre tres autos accidentados y llenos de sangre. ¿Era Cabrera?, pregunta Ana.

Aún falta para llegar a la casa del mar. Ana se larga a llorar. Pedro, como siempre, no sabe qué hacer.

9

Pedro no se pregunta cómo será esta noche. Cenarán con los amigos, se dirán feliz Navidad, luego le dirán allí mismo feliz cumpleaños como segunda celebración, tomarán champán, y al final de todo, todos se irán a dormir, y él dormirá con Ana que pronto tendrá que decirle adiós, que pedirá un taxi, Ana tomará la maleta pesada de la casa, saldrá sola, desandará la ruta de noche, llegará al aeropuerto y tomará un avión. Y ya. Eso es todo, piensa Pedro. ¿Y ya?, se pregunta. Y ya, Pedro.

Pedro, que ahora conduce hacia la vieja casa familiar en el mar, mira el cielo en esta carretera llena de tráfico. Le gusta mirar las nubes y encontrarles formas. A una le ve forma de corazón, a otra forma de conejo, más allá una manzana. En el libro que le leía su padre, hablaban de Shakespeare y de una nube con forma de ballena: Polonio busca a Hamlet para que vaya con su madre, pero se distraen viendo el cielo. Esa nube tiene forma de camello; no, más bien el dorso de una comadreja, se dicen para dilatar el momento de tener que ir con la reina. Pero finalmente concluyen que la nube se parece a una ballena.

¿Leímos *Hamlet*?, le pregunta a Ana. Nadie sabe bien qué libros ha leído y cuáles no. Y a ellos les gustaba leer juntos. Uno de los dos en voz alta, casi siempre Ana. ¿Vimos tal película? ¿Leímos *Hamlet*? Así se preguntaban cuando pasaba el tiempo. Ella le dice ahora en el coche en la carretera bajo las nubes con formas de conejo y de ballena, le dice que una parte, que tenían este libro precisamente en esta casa del mar, y que un invierno se habían propuesto leer *Hamlet*. Ahora no recuerda bien por qué no lo terminaron. Normal. Hay una lista en una libreta que contiene los libros y las películas que leyeron y vieron en esta casa. Hay una lista llena de libros, pero no tiene *Hamlet*.

Ahora las listas y los libros dormitan en cajas apiladas en la sala de la casa, apiladas de a cuatro o cinco, con etiquetas de la A a la B, de la C, y así, en la biblioteca de cada uno que se va arrancar uno de otro, como se disocian un par de siameses. En la sala del piano, los cuadros en el suelo, las cajas de libros, la ballena sentada. El amor a punto de la mudanza.

Ana observa las nubes. Esa se parece a una ballena, dice.

Van llegando al pueblo. Un pueblo de marineros, donde la madre intentaba reunir a la familia en la casa blanca enorme, con un gran pórtico donde pasaba horas bebiendo y mirando al mar.

Hace un tiempo, la madre decidió regresar a esta casa, que fue el hogar de sus veranos de infancia. Aquí vivió y esperaba a la familia cuando los citaba, solo en Navidad, y vigilaba desde el umbral el paso de los días de un pueblo que va vaciando sus casas blancas de techos azules a dos aguas, el puerto, la enorme bodega de barcos. El mar choca contra el pequeño malecón, baña con furia la playa. Los huesos chillan en el otoño, el invierno es ruidoso de vientos y tormentas, y del llanto de las ballenas que a lo lejos, en alguna madrugada, gimen de soledad.

Los turistas despistados que llegan en verano, se alojan en alguno de los cuatro hoteles obligados a la decadencia del abandono.

Pedro recuerda aún a su madre observando el mundo entero desde ese sitio, día con día, mes tras mes, sentada en la reposera blanca de madera, un lugar que fue todo suyo y que ya no es de nadie. Fue de ella, de sus abuelos y más allá en la dinastía familiar, pero no recuerda a los últimos navegantes que caminaron por esta arena, antes del fin del mundo de la caza de las ballenas, antes de que los chinos se hicieran los dueños absolutos de los mares y recalaran en otros puertos.

Ella, que de niña pasaba los días de sol en este lugar, volvió setenta años después, a retomar la vida diletante de un corazón cansino, de unos huesos hechos polvos, de ver hacerse de noche en el invierno, de intentar conocer a esa prole que son sus hijos, a su pesar, y ni siquiera recordar al hombre que también lo olvidó todo.

La madre de Pedro tenía esta forma de esconderse de la familia, a la vez que controlaba las reuniones de todos. Los convocaba solo una vez al año. Era el único momento del año en el que se reunían, por dos o tres días, no más, porque hay algo de la imposibilidad familiar que no les permite, ya no solo quererse, sino al menos conocerse.

Aquí venían los hijos, los nietos, los perros, cada vez que ella los convocaba, nunca en verano, siempre en el invierno frío y lluvioso, cuando el pueblo se vacía de pescadores y de barcos. No había nadie esos días, pero nadie discutía a la reina madre cuando los llamaba a la cena de Navidad.

Pedro y Ana pretendieron en algún momento convertir esta casa como un apéndice de la suya, de su propia vida, de la vida juntos. Pero pocas veces lo lograban. Eso tampoco volverá a ocurrir. Los días solos de este paraje, las noches de ballenas solas.

Esta parte de la vida que se resume en pocas cosas: nadar contra las olas en pleno invierno y salir y ver a Ana en el pórtico con un abrigo listo para arroparlo, y la leña encendida en la sala y pasar juntos la mañana. Hacer el amor. Acaso, alguna vez, con el proyecto de leer a *Hamlet.*

Con Ana y el perro. La casa es enorme. Cada vez más grande. Se expande en la soledad de sus habitantes. Tiene varias habitaciones que esta noche ocuparán los amigos.

Pedro mira a Ana. Pone otra canción. Ella no lo mira. Mira al perro. Ya no hay ballenas hechas de gotas de agua. A la ballena la cargan en el portaequipaje del techo. Nadie sabe qué hacer con una ballena tumbada en el techo del auto. Es como el amor, frágil e inquebrantable, insiste Pedro.

Piensa en la ballena de la historia que le leía su padre, en ese lomo repleto de arpones y cicatrices. Un monstruo blanco, viejo eterno que gira alrededor del mundo agazapado entre las olas más gigantes que el viento permita, para con un simple movimiento castigar a los cazadores que no saben dejarlo en paz. Los hombres que viven solo para asirse de la bestia más terrible que puedan conocer, se adentran en la locura. Pero así y todo, el cachalote sigue rondando por los mares y obsesionando a los hombres que la persiguen hasta la muerte. ¿La muerte de quién?

El amor es como una ballena imposible. Nos obsesiona, le da sentido a nuestras vidas, nos vuelve locos. Nos mata, como lo mata ahora Ana que canta y no canta, no lo mira, y no le acaricia la mano ni él extiende la suya buscando un gesto. Ella, que lee el libro por un momento breve, lo cierra, lo pone sobre el regazo y lo vuelve a abrir. Piensa Pedro que Ana piensa en su viaje a Los Ángeles. Mañana cuando tome un avión, cuando no sepa qué hacer con la sortija del matrimonio, cuando se vayan uno de otro, cuando el amor se escape como cuando se escapan las ballenas luego del coletazo asesino y otra vez, las esperanzas.

Ana continuará su vida, sin el edredón de IKEA, que se lo queda Pedro, que resolverá la mudanza, la venta de la casa que se cae a pedazos, el sillón de las tardes de lluvia. Y el perro, que nadie sabe qué va a pasar porque no han hablado de ello. Pero Ana estará en otra ciudad, en otra cosa y no pensará en ese perro enfermo, ni en las ballenas.

Pedro toma la última curva que desciende de la montaña para llegar al puerto. Ya se ve el mar, la caleta cubierta por la bruma del invierno. Inhala, exhala, profundo, como él enseña en sus clases. Quiere sentirse zen y acaso inventar la conducción-meditación de coches, pero eso es una ridiculez y pueden acabar estampados contra un árbol.

Pedro mira el mar, las primeras casas del pueblo, el galpón de los arponeros. Los pocos barcos en el muelle. El pueblo desde la altura se ve prácticamente vacío, como una maqueta abandonada. Un cartel herrumbrado, con una enorme ballena dibujada, da la bienvenida. Ana lee en voz alta un frase del libro que tiene entre manos: «entre las cosas que creamos para que sirvan de consuelo, el amanecer da buen resultado». Pedro sonríe, pero no sabe qué quiere decir Ana con esa frase.

Ella guarda el libro en el bolso, acaricia la mano de Pedro sobre el volante, pero no lo mira. ¿Qué libro lee Ana? Pedro no lo sabe. Ya no hay lista para los dos. Como las canciones que ella canta ahora, son canciones que solo ella conoce.

El viento trae agua de la costa. Pedro quiere acariciar a Ana pero no se anima. Prefiere odiarla, despreciarla, nece-

sita alguna emoción negativa para poder despedirse mañana que tenga cuarenta años.

Ana cantaba, recuerda Pedro. Recuerda Pedro las canciones de Ana. Todas. En la casa, en los viajes, en la piscina,
en los escenarios. Ana cantaba, Pedro nadaba. Finalmente
así se puede resumir una pareja de quince años. Es poco, es
nada. Según la perspectiva. Ella cantaba, él nadaba y eso
puede ser todo. Claro que sí.

Pedro podía pasar doce horas al día metido en el agua.
Ana cantaba. Ana cantaba ya no en la casa, en el coche, en
las fiestas, sino en escenarios cada vez más grandes. Pedro
fue metiéndose cada vez más en el rol de entrenador y su-
mergiendo su vida, casi entera, en una piscina techada de
veinticinco metros, entre flotadores y carriles perfectamente señalados. Cada vez le dedicaba más horas, obsesionado
con un par de niños, sobre todo con uno, Pedro, Pedrito,
que tenía serias posibilidades de competir de verdad.

A ese niño, alumno de quien había sido su entrenador,
el famoso Marciano, lo vio llorar de dolor, oyó sus gritos desesperados de frustración como un monstruo gigante, dando
grandes puñetazos al agua como queriendo partirla, derro-
tarla. Pero también lo vio batir récords imposibles, ganar todas las carreras nacionales, confiar en lo que le decía, una
especie de frases de motivación manidas que mezclaba con
indicaciones técnicas precisas, lo vio dejarse arrullar por su
madre siempre sentada en las gradas, mirándolo fijo, con el
amor exigente, esperanzado, de una persona que está convencida de aquello, del talento y el látigo, y que lo cubría
con todo ello, como la toalla gigante, pesada, con la que lo
salvaba del frío.

Ana siguió en el conservatorio, haciendo pruebas en
teatros y pequeñas funciones.

Greg decidió apadrinarla, y bajo su tutela y su gestión ante sus amigos críticos, que publicaban notas con discretas loas en las secciones especializadas de diarios y revistas, Ana se convirtió en una joven promesa.

Conocieron el mundo enjundioso de las artes, aunque Pedro sabe que en el mundo de la natación de alto rendimiento las cosas son similares, pero nada que no puedas evitar metiéndote bajo el agua.

De esa manera, Ana y Pedro, agua de río, agua de mar, se colocaban, a veces cómodos, a veces no tanto, en la medianía de la vida que los separa equidistante de la gloria relativa y del más absoluto fracaso.

Cada función era para ella un momento de pesadumbre y odio. Regresaba a la casa hecha una furia y no eran pocas las veces que tiraba lo que encontraba a su paso, o reventaba alguna taza de té contra la pared. Pedro iba a los ensayos generales, a los estrenos y a alguna que otra función, pero la mayoría de las veces la esperaba en la madrugada, y cuando oía que el coche entraba al garage, se levantaba para calentar agua y prepararle un té, luego una copa de vino y un cigarrito de marihuana. Casi siempre hacían el amor y su violento enojo los excitaba aún más, sobre todo cuando se mordían o se pedían que se pegaran, que se pegaran bien fuerte, cada vez con más violencia.

En las mañanas siguientes a esas funciones, llegaba puntualmente un pequeño ramo de flores de Greg con la tarjeta que decía «Felicidades, estuviste maravillosa». A veces Ana tiraba las flores, acaso para que Pedro no las viera, quién sabe, pero otras veces las ponía en el florero sobre el desayunador. Siempre eran un pequeño ramo, él nunca gastaba tanto dinero.

Mira ahora en el coche a Ana y pregunta cuándo se convirtieron en estos desconocidos que comparten un viaje hacia al mar. En la película que vio tantas veces con su padre, una pareja recorre el sur de Italia, cerca del mar como ellos, en invierno como ellos, y se preguntan las preguntas que nunca debe hacerse un matrimonio si quiere sobrevivir:

Cuando estamos solos no pareces muy feliz.

¿Estás segura de saber cuándo soy feliz?

Desde que salimos no estoy segura de nada. Me he dado cuenta de que somos dos extraños.

Es verdad. En ocho años de matrimonio no nos conocemos.

En casa todo parecía perfecto...

Sí, hemos hecho un gran descubrimiento. Ya que somos dos extraños, empecemos de nuevo. Puede ser divertido ¿no crees?

Vayamos al bar.

Pedro repite el diálogo de memoria, en silencio.

10

Después de casi dos horas en la carretera, el recuerdo de los cuadros de Turner, el accidente de Cabrera en el Peugeot y las nubes con forma de ballenas, llegan a la casa donde ya no los espera la madre recostada en la poltrona del recibidor, cubierta de mantas que la protegen del frío y un pañuelo en la cabeza, maquillada, elegante, con las uñas de color rojo oscuro, con un trago en una mano, con el cigarrillo en la otra.

Pedro estaciona el coche, los recibe el viejo Germán. Acelera el paso de su media pierna de madera, con la pequeña Biblia que siempre sobresale del bolsillo del pantalón, y abraza a Pedro. Germán es alto, huele a crema de afeitar, lleva un saco grueso y un bastón, un largo hierro que va clavando en la tierra. Por fin viene alguien, dice.

Abraza a Ana. Él la halaga y le dice un piropo. Pedro observa la escena y regresa al coche por las maletas, la pequeña y la grande, el abrigo y una de las bolsas del supermercado.

Baja al perro, que aunque adormilado, intenta correr hacia la casa. Se siente mejor, dice Ana. ¿Fuiste a ver a tu padre?, pregunta don Germán. ¿Está bien, verdad?, pregunta sin esperar que Pedro responda. ¿Y el perro? Está enfermo, le dice Ana, y le cuenta lo del vómito y todo lo demás.

Pedro deja las cosas del súper en la cocina, sube a su habitación y deja en un sillón el saco y la maleta. Siente frío, mira el clima en el teléfono que dice siete grados. Observa la amplia estancia que da a las habitaciones, el televisor, los cuadros. Ana escucha un mensaje de Greg, mientras abre una botella de gin y busca hielos.

Todo está pulcro y ordenado, bañado por la luz tenue de la tarde. Hace frío en la casa. Va a ver si los calefactores están encendidos y comprueba que no. Baja y sale a la casa de los ayudantes y pregunta a don Germán si vio que no funciona la calefacción. Estoy tratando de arreglarla desde la mañana, dice el hombre, pero no encuentro la fuga. El hombre es viejo. Lleva más de cincuenta años trabajando con la familia. Él y su esposa Claire se vinieron a vivir a esta casa del mar, a pesar de lo mal que le hace la humedad a sus huesos. Acompañaron a la madre hasta el final. Germán y Pedro, que no se ha quitado el abrigo, revisan las tuberías de toda la planta baja, de la cocina, los baños.

Pedro comenzó el día con una linterna en la mano requisando las termitas de su casa, y ahora se ve nuevamente iluminando el detalle de las paredes, esta vez en la vieja casa del mar. Van por las habitaciones, una por una, no entran a la de la madre, y encuentran el problema en la que fue de su hermana. Germán baja por las herramientas y Pedro observa la estancia vacía, donde a diferencia de todas las demás, no hay ningún rasgo decorativo, un dibujo infantil, no hay libros. Es tan impersonal como una habitación de hotel.

Hace tiempo que nadie esperaba a nadie en esta casa. Pedro y el viejo Germán desarman una parte de la tubería. Hay que limpiar el empalme, la rosca del detenedor y luego soldar. No tengo el soldador, dice Germán, se lo presté al vecino y ahora no está. Le voy a poner cinta, pero esto no dura mucho. Pedro decide salir a comprar un soldador.

Ana deja el trago sobre una mesa de madera al lado de los sillones de la entrada y lo acompaña. ¿Qué vamos a comprar? Un soldador. No funciona la calefacción, le responde Pedro. Y de paso compramos los regalos para los niños, agrega Ana.

Caminan por el pueblo. La temperatura sigue baja, y por momentos les golpea el agua del mar que les trae el viento. Caminan unos setecientos metros en silencio. No se miran, solo observan sus pies, los cuatro pies andando un camino juntos, a ningún lado. Cuatro pies desandando dos vidas. Llegan a la zona de comercios. Pasan por una ferretería, un mercado, una papelería. Todo esta cerrado. Un bar, una sala funeraria, una venta de ropa para trabajo duro. El hotel La posada del chorro. También cerrado. Una gasolinera vacía, donde preguntan si tienen soldador. No tienen. El chino acaso tenga, le dice el despachador. Caminan un par de cuadras más, y llegan al supermercado.

Ana camina al lado de Pedro. Van por la calle buscando un sitio donde comprar un soldador, los regalos para los niños, una botella de vino, otro champagne, cigarrillos para ella que no fuma, o cualquier cosa. Algo. O, simplemente van por las calles para respirar. Sentir el aire y el frío al lado del otro. Los dos juntos. Caminar la bahía y este pueblo por última vez. Los lugares verdaderos no tienen aire, piensa Pedro. Se hace difícil respirar cuando un lugar esta lleno de tanta verdad.

Se toman de la mano. Nadie sabe cuál es la verdad. Uno de los dos le toma la mano al otro. Entrelazan los dedos fríos por un momento último, final. Se miran breve, repentinamente. Les sorprende el amor en el último tramo.

Te voy a extrañar mucho.

Yo también.

Nada más. Silencio.

Siguen paso firme, sueltan sus manos y las guardan en los bolsillos, al resguardo del clima y de la nostalgia de volver a tocarse. En cualquier momento va a llover.

Sus caras, lo único descubierto de gorras y bufandas, se mojan con la brisa del mar, lejana, pero verdadera. ¿Hay algo que sea verdad y que no lastime? Pedro mira a Ana caminar cabizbaja pero a paso firme. Un movimiento que define la manera en la que pasan el último día juntos, las últimas horas. Ha habido un roce, un momento de amor en la piel, pero el paso hacia la despedida no tiene dudas.

Mañana Pedro despertará con cuarenta años y Ana estará tomándose un avión. Se dirán adiós, no volverán a decirse que se van a extrañar, para qué, solo dirán adiós, y eso está bien, como se dice la verdad en la cara, como se caminan los lugares verdaderos, esos que no están en los mapas, los que existen mientras los creas.

Por los lugares verdaderos, los del amor, se camina a paso firme. Al amor se entra sin preguntas, y se sale sin respuestas.

El pueblo está vacío. A lo lejos, ven cómo comienza a ponerse el sol sobre los galpones cerrados. Pedro se detiene un segundo mientras Ana avanza, sin pensar en nada, aturdida, sin aire, y entra al supermercado del chino, lleno de productos regionales, una bodega decente, algo de carne y verduras, pocas frutas y una buena selección de whiskies y cigarros. Y casi todo lo que pueda necesitarse de urgencia un 24 de diciembre al borde de una playa fría y ventosa.

Cuando entran, la puerta hace sonar la campanilla del dintel. El despachante no levanta la vista del dibujo que realiza con un grueso pincel negro. El sitio está saciado del decorado de Navidad. Suena una música de villancicos y se siente el calor en cuanto se corre la cortina de la puerta. En la entrada hay una torre de papel higiénico que forman una especie de pirámide, un pino, los rollos están en oferta. Alrededor, guirnaldas verdes y rojas, luces de colores y juguetes, botellas de vino y chocolates envueltos para regalo. Ana observa los juguetes y comienza a elegir algunos para los niños.

Pedro pregunta si tiene soldador. Nadie le responde.

Ana pregunta a Pedro si le gusta este camioncito rojo, pero Pedro no responde porque está pensando si Ana, agua de río, estará también pensando en este lugar de mar bravío, de la generosidad de esta casa, de las ventanas del cuarto brillando al amanecer, de los momentos de madera en el piso, de la chimenea encendida, de correr con el perro por la playa, de soñar con hijos. Ana insiste: ¿te gusta este camioncito?

Se oye fuera que alguien pone la alarma un coche. Ven el Audi 3 de Emma que acaba de estacionarse. Emma camina hacia el supermercado. La observan: va, como siempre, nerviosa, expeditiva. En pocos pasos, casi zancadas, sube la vereda y abre la puerta estrepitosa. La campanilla suena más fuerte, como si fuera a desprenderse. Su mera presencia dentro del local es atronadora. Nadie puede ignorarla, ni el hombre que pinta. Ana quisiera esconderse detrás de la pila de rollos de papel higiénico, pero Emma la ve, grita su nombre, se pone contenta, corre a abrazarla. Vaya sorpresa, dicen todos.

Emma les dice que está desesperada. Es evidente. Pero además, lo repite dos o tres veces. Cuenta que le explotó el microondas. Ana le pregunta si está bien, le responde que sí, pero que del susto, de ver el tupper derretido por toda la cocina, dice enfatizando toda la casa, siempre tan hiperbólica, y que el fuego y el humo, pero que ya estaba todo bien y que dejó todo para que cuando vuelva Martina le limpie la cocina. Le cuenta que lo único que quería era largarse a llorar y llamar a Pedro, pero como él no atiende el teléfono decidió agarrar el auto y venir de una vez al pueblo.

Pedro tendría apagado el teléfono, así que lloró un rato sola en la casa, pero que luego agarró el coche y manejó horas hasta aquí. Había un accidente. Llegando al pueblo decidió pasar a comprar kleenex y algo para la cena. Ana, que empieza a quitarse la bufanda, dentro del negocio hace mucho calor, nota que Emma está vestida con una solera de verano y unas sandalias doradas. Ana le pregunta si no tiene frío. No. De hecho, está sudada. Traía la calefacción al máximo, dice. Le muestra un nuevo tatuaje en el tobillo. Una pequeña ballena orca. No tiene ningún sentido, le explica.

Quería hablar con Pedro. Él siempre me tranquiliza. Ya lo sabes, cuando habla conmigo, me siento mejor. Ya sabes. Siempre más o menos el mismo círculo, dice Emma, estallo, lloro, hablo con él, me tranquiliza, luego corto, luego vuelvo a llorar. Lo vuelvo a llamar. Pobre Pedro, dice.

El celular que lleva en la mano pita de mensajes. Diez seguidos. Es mi novio. El nuevo, le digo que venga, ¿no?, pregunta Emma. Ana dice que sí. Que venga.

Pedro se acerca y se abrazan. Emma no habla con casi ninguno de los amigos desde que regresó de Bélgica, excepto con Ana y Pedro. Pero esta vez se aparece en un supermercado chino, vestida de verano cuando hace siete grados, en medio del pueblo familiar donde no hay nadie.

Ana camina por los pasillos del súper. Agarra un canasto y pone dos bolsas de papas fritas, un jabón de carbón, que dicen que es bueno para la piel. Emma habla por teléfono. Le dice a su novio si quiere que le mande un taxi. Sigue a Ana, toma otro canasto y toma de las estanterías tres botellas de Cardhu, unos chocolates con menta, sal orgánica. Ahora los villancicos son a ritmo de salsa. Se detienen frente a la heladera de los fiambres, chorizos y jamones. Emma apaga el teléfono y lo mete en la canasta.

Ana le pregunta si quiere algún queso, pero Emma le cuenta que está desesperada porque su madre, cuando acabó el juicio de divorcio contra el padre, decidió irse a vivir con ella, mientras encontraba casa. Pero ya lleva seis meses, dice Emma, y no es que no encuentre, es que no sale a buscar. Hoy se quedará en casa, que no va a salir a cenar a ningún lado. Iba a ir a casa de una amiga, pero a última hora se sumó mi padre, es decir, su exmarido al que le acaba de ganar un juicio, del que no hay una hora en la que no hable de él, piense en él... Emma se queja, pero Ana sonríe.

En la caja, Emma paga todo, incluso las cosas que seleccionó Ana. Ana mira los juguetes y piensa que finalmente no compró ni uno. Emma pregunta si quiere llevar algo más. Unos cigarrillos. ¿Compramos esos camioncitos para los niños de Jota Jota? Y agarra dos y un muñeco de peluche. Póngalo en bolsas de regalo, le pide al cajero, que deja los pinceles en un frasco con agua para hacer la suma, poner las cosas en bolsas, cobrar.

Estoy haciendo pole gym, cuenta Emma. En fuerza y empoderamiento nadie me gana. ¿Tiene soldador?, pregunta Pedro otra vez. El hombre le dice que no con un gesto.

Salen del supermercado, guardan todo en el baúl del Audi y Emma pide caminar un poco. Es el único plan de Ana. Caminar bajo el cielo tormentoso, oler el mar que no se ve, respirar ese aire de invierno playero. Emma saca un abrigo de piel del coche, se lo pone, prenden unos cigarrillos, empiezan a andar mientras se cierran los sacones. Caminan pegadas, se entrelazan los brazos, llegan a la playa.

¿Cómo estás?, le pregunta Emma. Ana quiere decir algo más que bien, pero tampoco se le ocurre nada. Bien, dice. Emma la aprieta más contra ella. Emma es grandota, y con un brazo cubre casi por completo a la pequeña Ana.

Y vas a estar mejor, dice Emma, que no se detiene en el tema. Si Ana dice que está bien, estará bien. Sabe que Pedro también está bien. Están bien, estarán mejor, piensa Emma y no habla en plural, habla en singular y en futuro, y eso está aún mejor. Y a Ana le gusta la manera en la que Emma dice que está mejor, la manera en la que la abraza y le sonríe.

Emma cuenta que está asustada. Cree que la están vigilando, y no le ponen protección. Ya la pidió, pero tiene miedo. Algunos días tiene miedo, no siempre, la mayoría de los días se siente valiente y sigue viajando e investigando este asunto que no la deja dormir desde hace seis meses. El mismo tiempo que lleva la madre viviendo en su departamento. A estas alturas es difícil saber qué es lo que no me deja dormir, dice.

Emma es una voz conocida porque conduce uno de los programas de radio más escuchado del país. Ha tenido buenas épocas en televisión, e incluso una vez actuó en una película importante que llegó a competir en festivales con la película de Jota Jota. Pero un día, se vio en el espejo y ya no se gustó, y desde entonces se refugió en la radio, donde le va muy bien con un programa diario de entrevistas a políticos, artistas, o quien sea importante y le dé la exclusiva. A Emma la escucha todo el mundo, impone agenda de discusión y casi siempre lo que se dice en su programa es noticia al otro día.

Emma también tiene un equipo con el que realizan investigaciones, casi siempre escandalosas. Ahora, le cuenta a Ana, mientras caminan por la playa helada, lleva este caso con mucha dificultad, pero que no sabe bien cómo seguir y acabarlo. Pedro es su confidente y sabe casi todo de esto, con las demás personas es absolutamente discreta. A Ana no le cuenta mucho, casi nada, o nada de nada, excepto aquella vez, en una cena en la casa en la que medio borracha contó que estaba aterrada, porque acababa de toparse con este caso prácticamente imposible para ella, pero que no lo podía soltar.

Resulta que el director del pool donde trabaja, Eric Tombé, a quien Pedro conocía perfectamente porque era su alumno de natación, y porque Emma y él salieron un tiempo, hace muchísimos años, pero que hoy eran, no sé si buenos amigos, pero al menos cordiales conocidos, y un gran jefe beneficiador de su carrera, todo hay que decirlo, pero que ahora la enfrentaba a denunciar a este famoso dueño de las estaciones de radio, el periódico, un canal de tele y mucho más, por un caso de pedofilia. Contó aquella vez, media borracha en una cena en la casa, y ahora que lo piensa, Ana no sabe si realmente estaba borracha o necesitaba contarle todo eso.

Ahora, abrazadas frente al mar y con el viento que las empapa, le dice que tiene fotos de niñas de quince años. Son tres niñas. Las miserias de Tombé. Así que el tipo tenía sus miserias, y Emma lo acaba de contar, asustada porque la persigan, asustada porque explota un tupper con un ramen calentándose en el microondas de la casa invadida por un novio, una madre okupa, y ella está asustada por todo

117

eso, pero nunca dejará que nadie jamás la vea asustada, le dice a Ana. Que tiene frío y que regresen. Y ya de regreso en el coche, con el calor del aire sobre los pies desnudos y helados, suena el teléfono de Ana. No atiende. Al mismo tiempo, suena el teléfono de Emma. Es Mauro. Hola mi amor, le dice, ¿ya estás en el taxi?

Mauro es uno de los chicos de mi equipo, le dice Emma cuando corta. Te hablé de él la otra vez. Que acabamos cogiendo en mi oficina, ¿te acuerdas? La cosa siguió y ahora estamos saliendo. Todavía no lo hacemos público, porque no quiero, pero te juro que estoy dispuesta a hacerlo, no tendría mayores problemas. De hecho, la otra vez que fuimos juntos al estreno de la película de Jota Jota nos sacaron fotos.

Mauro, ¿el actor porno?, le pregunta Ana. Sí pero no, dice Emma. Ya no. Veinte añitos, todos para mí. Me tiene desesperada. Lo voy a llevar a la cena porque si no se va a ir con su ex. A Greg le va a dar un infarto. Ojalá.

11

Pedro Ruiz camina de regreso a la casa. No encontró quién le venda o le preste un soldador para arreglar la tubería de la calefacción. En la casa lo espera don Germán, y tratarán de mitigar un poco el frío en esta noche en la que los amigos se reúnen a celebrar la Navidad, en la que Pedro cumplirá cuarenta años y que será la misma noche en la que Ana y él, después de tantos años, se digan adiós para siempre.

En el camino de regreso, al pasar al frente de la gasolinera, ve cómo empiezan a apagar las luces. Están cerrando, aunque aún el hombre despacha nafta a un auto, desde donde lo observa una mujer. Es la madre de Pedro, el otro Pedro, Pedrito.

Pedro Ruiz se detiene. Piensa en acercarse. Se demora en el pensamiento. Qué debe decirle a esa mujer, qué debe hacer. Cuando Pedro emprende el cruce de la calle, la mujer paga al hombre y pone en marcha el motor. Pedro se acerca, ella no deja de mirarlo, pero sube la ventanilla. Y se va.

Pedro respira profundo y siente cómo el olor de la gasolina le enciende los pulmones. Llora. Se sienta, abandonado en el borde de la base de la bomba dispensadora. Las luces del lugar se apagan por completo. El hombre cierra las puertas con llave y sale en bicicleta. No repara en Pedro.

Pedro deja pasar el tiempo. Observa la grasa de los coches en el suelo, el barro que va formando la brisa, el anochecer inminente sobre la calle. Va a ponerse de pie y caminar hasta la casa. Allí lo espera una nueva versión de su vida, para la que no tiene un plan claro.

Todo el pasado se acaba aquí, piensa Pedro. Ana, mi madre, los amigos. Esta casa, el mar. El perro. Cómo estará el perro, se pregunta. Camina hacia una casa, hacia una fiesta, hacia la despedida de su matrimonio, pero él, ahora que transita con frío, cerrándose el abrigo, no sabe hacia dónde va.

Cuando pasó lo de Pedro, lo de Pedrito, recuerda ahora, Ana estaba en una clínica poniéndose botox en los labios. Fue la primera persona a la que llamó, pero no le respondió durante horas. Estuvo desconectada todo el día, hasta la noche. Ese día quien fue a rescatarlo fue Emma. Cuando pasó lo de Pedro, Pedrito. Pedro dice así, simplemente: cuando pasó lo de Pedro.

Vi a la madre de Pedro en el supermercado, comenta Emma. Me miró con el odio de siempre. ¿Te acuerdas de Marciano?

Y Pedro Ruiz, cada vez que alguien habla de Pedro, de Pedrito, lo primero que hace es mirar los labios de Ana, gordos, rojos, hinchados; aunque un tanto, al fin lo piensa claramente, sexy. Pero que, sin embargo, también lo reconoce con claridad por primera vez, unos labios un tanto, un tanto no, se dice Pedro, y trata de decirlo con todas las letras, unos labios deformes. Deformes.

La frustrada carrera profesional como nadador, luego de ganar la medalla de plata en los Panamericanos y de ese soplo en el corazón que lo dejó arrumbado al lado de un muelle llorando su mala suerte, dio un vuelco por completo cuando conoció a Pedro, un niño de catorce años del que todos venían hablando porque estaba arrasando con todas las competencias en el país. Ahora se iba a preparar para el campeonato continental. Su coach, quien había sido su entrenador era el viejo Marciano. Sí, se llamaba así y no permitía bromas sobre el asunto.

Marciano era sin dudas uno de los mejores del país, un tipo necio que había dedicado su vida a entrenar chicos más o menos talentosos, consecuentes, que de vez en cuando le dedicaban una medalla, cuando las ganaban y podía participar de algunas ganancias de los patrocinadores. Ganancias pingües, que nunca le permitieron siquiera cambiar el coche. Pedro Ruiz comenzó a formarse como coach con él, a la par que daba clases de natación en el club.

Ese año fue un año que los marcó por completo. Diría que fue la tercera vez en la que sus vidas sellaron esa relación tan importante. Así pasa de vez en cuando. Hay unas cuantas personas en este universo con el que te cruzas una, dos, tres veces, y esos encuentros son definitivos y marcan más o menos todo lo que acabas siendo. Marciano era eso para él. No un padre, ni siquiera un familiar, mucho menos un amigo. Era su mentor en muchos sentidos, pero a una distancia relativa. Él lo convenció de que siguiera en esto de la natación y durante días, semanas, meses completos, moldeó su técnica, con eso cuerpo y mente, para llegar a clasificar para los Juegos Panamericanos de la Juventud. Ese era el propósito. Pero llegaron a más, los dos, con todo, hasta la medalla de plata. Recuerda Pedro a Marciano, siempre llorando emocionado, escondido detrás del equipo, pero incapaz de dar un abrazo a alguien.

Pasada la etapa de nadador, Pedro lo asistía como coach, porque había llegado el nuevo Pedro y con él podrían llegar a la consagración, a ganar el oro, no quedarnos en el plata, como solía bromear en serio Marciano. Con

Pedro vamos a ir más allá. Con Pedro vamos a ir a las Olimpiadas.

Pedro, Pedrito llegó en un momento complicado en la vida de Marciano, justo cuando a su mujer, a la que llamaban Marciana, sin bromas, entró en la fase final de una enfermedad que la tenía postrada desde hace mucho tiempo. Marciano dedicaba la mayor parte del día en remediar sus dolores, en tratar de conseguirle morfina o cualquier cosa que la ayudara a sobrevivir mejor. Y en entrenar al niño.

Marciano llegaba muy temprano en la mañana, daba una serie de indicaciones que los dos Pedro anotaban en un cuaderno. Luego se quedaban todo el día haciendo los ejercicios. El coach se regresaba a su casa, o deambulaba por hospitales o entre trapicheros de drogas, y luego regresaba al club, a más de una hora de traslado, para ver qué habían hecho mal, qué fue lo que Pedro grande no le corregía o le corregía mal a Pedro chico. Con el niño era cariñoso, casi podría decir que sentía adoración por él, no sé si lo veía con amor paternal o simplemente Marciano estaba sensible y quería aferrarse a algo tan vital como este muchacho, este adolescente de catorce años que era pura promesa, puro futuro.

¿Cómo negarnos a la consagración del futuro?

Al cabo de un tiempo, los Marcianos tomaron la decisión que habían planeado durante meses: él conseguiría unas pastillas y ellas las tomaría para acabar con el sufrimiento de eso que la mantenía viva. Era la mayor ofrenda que podían dedicarse en el paso del amor.

Ese mes, lo recuerda bien Pedro porque era diciembre, hacía mucho frío, tanto como ahora, Marciano llegaba al club apabullado, prácticamente ido. Si alguien hablaba con él, no respondía, estaba en otro mundo, daba unas pocas instrucciones, y el resto del tiempo se la pasaba con la vista clavada en el agua.

Nunca nadie lo vio llorar, excepto aquella vez en la que celebraba la medalla de plata de Pedro, pero esto era la otra cara de un hombre abatido por el calor mortal de la muerte, viendo que el futuro no es una joven promesa de catorce años, con todos los triunfos por venir, sino la soledad y el miedo a más muerte, porque la muerte siempre es ese doble castigo: soledad y más muerte.

Y ahí Marciano, mirándose en el reflejo de la pileta su cara deformada por el miedo, el miedo y la soledad, en un espejo inasible, perdido entre las olas que hacen los torpes nadadores en los canales de la orilla.

Ese año, en la semana de Navidad, Marciano les dijo que entrenarían el mismo 25. Que no se pasaran de copas ni hicieran nada en la Nochebuena porque el 25 se verían allí, eso, sí, a las nueve de la mañana, en vez de las seis como lo hacían cada día. Esas tres horas eran su regalo de Navidad.

Pedro pasó a buscar al alumno en la moto, y cuando llegaron al club, vieron el eterno Citroën de Marciano en el estacionamiento, todavía a oscuras, bajo una luz que chirriaba de ganas de dormir.

Vieron a Marciano plácido, y hasta se podría decir que de buen humor. No dijo Feliz Navidad a nadie, ni nada. Dio unas órdenes para que Pedro se metiera rápido al agua y luego le dijo a Pedro grande que también se cambiara y se metiera, que ahora debían entrenar lo mismo, los dos. Un día te voy a curar el corazón, vas a ver.

Después de un par de horas de ejercicios, unos ejercicios lentos, casi de flotación o mejor dicho de meditación, los hizo darse vuelta boca abajo, abriendo piernas, manos, estirando la espalda, una especie de yoga acuática, pero suave para descubrir que el ejercicio era para la mente. Así venía tanta cosa, tanta mierda, tanto susto, pero también tanta paz, por momentos, tanta vida arrumada al sol tibio que empezaba a colarse por las ventanas del techo. Era un día nublado, el agua estaba tibia, los dos Pedro, una especie de pasado y futuro, flotaban como astronautas en la ingravidez del espacio. Acaso asustados, se dieron la mano. Eso recuerda ahora Pedro, que deja la gasolinera, azotado por el frío, y camina a la casa. Eran dos niños tomados de la mano, recuerda, haciendo estrellas sobre la nieve.

Eran estrellas, astronautas, nadadores, eran agua y eran, sobre todo, la paz de Marciano. Marciano, que los observaba desde afuera del agua y les dice que ya, que por hoy habían acabado. Que se fueran con sus familias. Que se vayan a amar a alguien. Vayan a amar a alguien, y déjense amar por alguien. Pedro niño sonrió sonrojado, vaya a saber qué estaría pensando, pero Pedro grande pensó inmediatamente en Ana, en su padre.

Marciano fue a despedirse cuando acababan de cambiarse en el vestuario. Dijo feliz Navidad, muchachos. Y agregó, como si nada:

Anoche la Marciana se volvió a su planeta. La vamos a velar hoy. No vengan porque no está abierto.

Dos meses después, cuando retomaron el entrenamiento duro, faltaba poco para las primeras pruebas para las Olimpiadas, Marciano, que parecía haber rejuvenecido veinte años, aunque estaba más gordo, pero rozagante, había vuelto a ser el coach duro y exigente de otras épocas. Los entrenamientos duraban doce horas.

El niño estaba exhausto y Marciano tuvo que pedirles a sus padres que dejara la escuela por ese año. En esos días, se supo más detalles de la muerte de la Marciana, y los dos Pedro se enteraron en medio de unas pruebas. Una mañana llegó la policía al club y se llevó a Marciano sin que pudieran saludarse ni entender lo que pasaba. Pero al otro día leyeron en el diario que la hermana de la Marciana lo había denunciado por asesinato.

En realidad era por ayudarla a morir, pero el periódico, la cuñada, la policía, calificaban esto como asesinato. La Marciana llevaba casi diez años postrada en la cama, con esclerosis múltiple. Aquella Nochebuena brindaron con sus copas; él un vino espumoso barato, ella pentobarbital sódico en pajita. Ella ya no hablaba y casi no veía, pero alcanzó a dedicarle una sonrisa. Así, partía la Marciana hacia su planeta. Yo no la abandoné, decía Marciano sin que nadie necesitara esa explicación. Pero la puse en un cohete, para que me vaya esperando.

Pedro Ruiz debió ocuparse solo del entrenamiento del chico. Cuando por fin Marciano podía recibir visitas, iban a la cárcel y le preguntaban qué hacer. En media hora les daba todas las instrucciones que precisaban para dos semanas. Pedro el niño estaba más entusiasmado que nunca. Entusiasmado es una idea que queda chica, debe ser una palabra aún más específica.

Pedro pasó las clasificaciones. Pedro era serio candidato para representar al país en las Olimpiadas. Quedaba solo una prueba. Era diciembre, otra vez. Había más buenas noticias: Marciano podría salir pronto de la cárcel. Una asociación a favor de la eutanasia había tomado su caso como emblemático y una abogada estaba a punto de conseguirle libertad provisional, así que podría volver con ellos al club.

Pero esa mañana, era también diciembre, hacía frío, las luces de Navidad estaban por todos lados, y alrededor de la piscina había puestas guirnaldas gigantes, rojas, doradas, estelas verdes, y un Papá Noel de cartulina y estaban ahí, cerca de las diez, un lunes, se acuerda ahora Pedro Ruiz que era un lunes porque no había nadie más en el club, que estaba cerrado y abría solo para alto rendimiento. Esa mañana, ese lunes de diciembre, de ambiente navideño, Pedro, Pedrito, nadaba a toda velocidad en el agua, llegando a casi diez kilómetros por hora, batiendo un récord, mientras él caminaba acelerado a su lado, siguiendo su ritmo, pensando en ese triunfo, esa marcación, pensando en Marciano, que pronto iba a poder ver esto, ahí Pedro Pedrito de pronto, como si un rayo lo hubiera fulminado de alguna parte, ¿del techo? ¿del fondo del agua?, se frenó en seco y recuerda ahora Pedro ese brazo derecho meterse por última vez, en un aleteo interrumpido como si se hubiera cortado la corriente que daba fuerza y vitalidad a esta máquina.

De pronto vio a Pedro inerte en el agua, aún avanzando por el movimiento anterior, con los brazos hundidos, la cara hundida y las piernas flotando. Se tiró al agua, lo sacó de inmediato, sus sesenta kilos parecían el doble y al borde del agua intentó reanimarlo, presionando el pecho, haciéndole respiración boca a boca. Salía apenas un poco de agua, y en eso fue cuando sintió la mano de Pedro Pedrito intentando agarrar la suya y cuando unieron ambas palmas, los dedos del niño intentaron apretar los suyos, en un último intento por agarrarse a algo de esta vida, de este planeta.

Pedro murió de un infarto en medio del entrenamiento. Tenía quince años. Su corazón estaba tan lastimado como el suyo. Pero él era su última promesa de futuro.

En el club no había nadie, sus gritos y sus lágrimas rebotaban en la mirada sonriente del perverso Papá Noel colgado en la pared. Llamó a Ana, pero no le respondió. Estaba poniéndose botox y no se comunicaría con él en todo el día. Llamó a Jota Jota, a su madre, a Emma. Llamó a una ambulancia, al director del club, a la madre de Pedro, a la policía.

12

Pedro llega a la casa sin el soldador, sin Ana, sin Emma.
Nadie en este pueblo parece tener una herramienta disponible para arreglar el sistema de calefacción en Nochebuena. Pedro camina por los galpones que cien años atrás sirvieron de refugio de arponeros, de taller de barcos, de cantina, de lo que fuera necesario para esos hombres que se exiliaban en el mar durante meses para cazar ballenas. Aquí, hace más de ciento cincuenta años se comerciaba el esperma y el vómito de cachalote, el ámbar gris, como le decían, que podía costar fortunas.

Este pueblo durante décadas estuvo poblado por cientos de familias de japoneses, chilenos, gente de cualquier lugar que no sea el mar. Gente a la que la tierra le ardía como el fuego. Aquí construyeron sus casas, sus negocios, una iglesia donde rezar, decenas de bares. Un pueblo hecho a partir de los préstamos, usureros, de la familia de Pedro. Este pueblo durante años ni siquiera tuvo energía eléctrica. En ninguna casa, hasta hace al menos diez años, hubo un televisor. Ahora no hay internet, y difícilmente hay señal de teléfono. Aquí vivió la gente que llegó un día, y otro día se fue, cuando no había nada que vender ni que comprar, cuando se prohibió la caza de ballenas en Japón, cuando se retiraron los últimos barcos.

El pueblo siguió vivo, a su manera. Algunas pocas familias, algunos tenderos, pero siempre con el rasgo de la soledad. Un pueblo hecho de gente sola. Bajo un acantilado, y al borde del mar. Un pueblo hecho de ballenas, ballenas ausentes, solas, perdidas, amnésicas, olvidadas y muertas, necesitadas de la soledad de la noche, bajo las estrellas en medio de algún océano.

Cuando ya pocos recordaban el origen lejano y el pasado de este lugar, cuando ya estaban de retiro los pescadores y mercaderes, los Ruiz reconvirtieron esta casa en la casa del mar, donde intentarían, siempre de manera infructuosa, pasar los veranos y los momentos felices que nunca llegaron.

Ahora es un lugar de jubilados, familias solitarias sin relación con las demás. En verano, el pueblo toma un poco más de vida, hay dos hoteles que reciben visitantes, pero la falta de atracciones para este turismo insaciable de hoy, es decir, la ausencia de museos, centros comerciales, centros nocturnos con karaokes y esas cosas, hacen que los viajeros prefieran otros lugares a unos cuantos kilómetros de aquí.

Pedro observa desde fuera. Se detiene en la esquina donde ve la casa y la playa y las olas bravas del invierno. Entrar por esa puerta, subir los cuatro o cinco escalones, significa ingresar a una escenografía del adiós. Ana llegará en un momento, cuando acabe su paseo con Emma, y hará lo mismo: despedirse para siempre.

La casa, entonces, había quedado perfecta en la soledad del lugar y en la de la familia. La madre de Pedro decidió el año pasado venir a convalecer aquí. Odiaría esa palabra si alguien la pronunciara cerca suyo. Esta es una buena casa para las despedidas. Vio morir a los abuelos, al pueblo. A la madre. La Navidad pasada fue la última que pasaron todos juntos. Es el mejor lugar posible para los adioses. Tiene a don Germán, a Claire, y algunos más que van y vienen para mantener todo esto.

Cuando la madre restauró la casa, Pedro y Ana solían venir. Tenían un piano, la playa, los libros, el perro. Luego la madre se mudó. Y todo esto también se acaba ahora mismo, se dice Pedro, pensando que es la última vez que estarán juntos aquí. Donde su madre montó su centro, su piano, su jardín de lavanda que resiste al clima frío marino, y sus películas, y sus cuadros, sus premios, sus fotos de la época de la gloria, de los *jours de gloire*, como ella se refiere a su vida antes de la familia. Sus tragos puntuales y diarios, y esta enfermedad que la fue devorando sin que ella perdiera un ápice de la energía que, a su manera, sostenía todo el mundo a su alrededor.

Pedro sube a la estancia grande. Diecinueve escalones. Don Germán ya reparó la calefacción, pero aclara que esa cinta que le puso no va a durar mucho. Que mañana mismo habrá que cambiarla. En esta casa, cada hijo tenía una habitación. Decorada según los gustos de cada uno, así se mantienen con paso del tiempo. La de Pedro, durante años, estuvo cubierta de imágenes de ballenas. Ésta, donde están ahora intentando ahora frenar la pérdida del gas, la de la hermana mayor de Pedro, siempre fue blanca, sin ornamentos ni nada. Hace mucho tiempo que nadie duerme aquí. Hoy aquí dormirá Emma con su novio actor porno.

Germán le dice que llegó Greg, que dejó las cosas y volvió a salir. Pedro y don Germán acaban de poner cinta y pegamento a la fuga del gas. Pedro piensa que la casa puede volar por los aires en cualquier momento, y no le parece un mal final para la historia de la familia y sus treinta y nueve años. Pero eso no va a pasar. Don Germán dice que va a cerrar el paso del gas en esta parte de la casa, así que no hay riesgo, excepto en las habitaciones de Jota Jota y la de Pedro, donde pueden pescarse una pulmonía. Don Germán dice algo de Dios y el destino. Pedro no se detiene a escucharlo.

Un día, la hermana se fue a los gritos de esta casa, y no volvió más. Hace veinte años. Recuerda una pelea con su madre. Ella tenía un cuchillo, pero ahora no recuerda por qué discutían, y qué fue lo que pasó. Pero ahora que Pedro está aquí y mueve la cama para seguir instalando la cinta en el tubo del gas, descubre escrito en la parte de atrás de la cabecera Mamá te odio, hecho con el filo de un cuchillo. ¿Será el mismo cuchillo?, se pregunta Pedro.

Eso está escrito por todos lados, le dice Don Germán. Y le abre las puertas del clóset, los cajones de las mesas de noche, de la cómoda. Por todos lados está labrado a cuchillo lo mismo: Mamá te odio.

En su habitación, Pedro tiene varios souvenirs de Brasil, de las Olimpiadas de 2016. Se sienta en la cama, abre una caja con fotos, recortes de periódicos, una libreta. El ticket de avión de Ana, que llegó una semana después que él, la tarjeta del tatuador, el dibujo del río, el dibujo del mar. La lista de Ana de las «Cosas de Brasil»: Hotel Grand Algo, rua dos Bandeirantes, Barra de Tijuca, la cocina del aparthotel, un baño demasiado pequeño, un sillón azul, la piscina y las montañas, el pequeño balcón, las sábanas blancas, una colcha marrón que nunca usamos, la almohada cómoda, mucho calor, un aire acondicionado que nunca encendimos (no supimos cómo), el blanco de las puertas, las paredes, los pisos. Todo es nuevo. La foto enorme del Corcovado en la entrada. La gente que conversaba en los patios de ventilación. Hay gente que no duerme nunca.

Hay muchos japoneses (gritan). Nosotros dormimos, ellos trabajan y hablan. Se les oye todo. No se les entiende nada. Los elevadores están siempre llenos de gente. Hay tres, pero mejor usar las escaleras. No hay servicio de lavandería. No hay champú. Hay muchas máquinas de condones. Hay siempre un autobús del IBC que nos lleva al parque olímpico. Lavamos la ropa interior en la ducha. La ducha está siempre llena de calzoncillos, sujetadores, calcetines. Hay muchos mosquitos. La comida no es muy rica. Pedro mira la BBC. La credencial olímpica es lo más sagrado que tenemos. Creo que Pedro me puso los cuernos. No hay wifi. Hay mucha humedad. Hay muchas obras aún en construcción. Los comedores están llenos 24 horas. Hoy fui al cine. Sola. Pedro no puede ir al cine. Todo es muy caro. Me robaron en Ipanema. Nos tatuamos en Leblon. Voy a cantar en un pub.

Pedro lee esta lista por primera vez. Una lista fuera de la mudanza, perdida en un cajón abandonado de un pueblo olvidado. Recuerda esa mañana en Río, en la que despertó alterado, había soñado malas noticias, con Pedro Pedrito y la madre de Pedro, soñó que la mujer golpeaba la puerta de la habitación con fuerzas a punto de tirarla. Recuerda Pedro ahora, sentado en el borde de una cama en el frío de la Nochebuena, cuando abrió los ojos, y observó cómo las gruesas cortinas no dejaban pasar más que un poco de luz sobre la alfombra del suelo. Sintió el piso caliente al apoyar sus pies sobre los hilos munidos y la piel le recordó entonces el picor que quiso calmar rascándose, friccionando los dedos. Se miró en el espejo frente a la cama y le costó reconocer el escenario. Un cuerpo estaba dormido en el otro extremo de la cama, y en ese par de segundos, no supo exactamente quién era.

Se paró aquella vez, y lo hace ahora. Agitado por el recuerdo, vuelve a pararse en su habitación de la casa del mar. Recuerda nítido cómo caminó perdido los cuatro pasos para llegar al baño, sintiendo en la planta de los pies, sobre todo en la de los dedos, el frío de la loza de la ducha. El picor aplacó ante el frío, y abrió el agua que salió con fuerza. Notó en ese instante que aún llevaba una camiseta puesta. Se quedó con los ojos cerrados y la cara contra los chorros de agua, y pensó en Ana.

El mero pensamiento en Ana, y la sexualidad de la lluvia en la resaca, le provocaron una erección inmediata por lo que se llenó la mano derecha con la crema que estaba allí mismo entre los champús y los jabones, y empezó a masturbarse durante largo rato hasta acabar sobre el agua, quedando exhausto, casi sin respiración, como oteando el sexo muerto, mientras el agua se llevaba esas gotas de blanco amarillento, inservibles, presurosas hacia el desagüe.

Siente una erección ahora mismo y camina hasta el baño de su habitación. Comienza a masturbarse, recordando que cuando salió del baño de aquel hotel de Río, mojado pero sin siquiera haberse bañado, sin haber pasado por sus brazos ni por sus pelos el jabón, ella le preguntó si estaba bien. Pedro acelera su mano, mientras se observa en el espejo viejo y recuerda que la miró fijo como quien mira una aparición, y respondió con un sí fatídico, cansado, que no sabe si ella escuchó o no, o si preguntó sonámbula, porque al acercarse ya estaba otra vez dormida.

Pedro recuerda que se acostó en la cama, mojado, e intentó mirar el techo o dormirse. No logró ninguna de las dos cosas. Volvió la erección y empezó a masturbarse. Había ardor y luego dolor y luego unas gotas de sangre. Acabó con dificultad sobre las sábanas. Ese recuerdo lo excita años después, cuando nuevamente está intentándolo, en vano, otra vez.

Una ballena aturdida es el símbolo profundo de la consciencia, como el propio Jonás metido en el vientre profundo, de un sueño peligroso. Pedro recuerda un pensamiento. El de la habitación brasileña. Cuando se sentía aturdido, con un ardor en el glande, que de tan inflamado no podía soportar ni los calzoncillos. De todas maneras se cambió, y así logró ver el panorama de la habitación brasileña. Unas cuantas botellas, cigarrillos, ropa tirada por todos lados y un hedor insoportable. Abrió las ventanas, la brisa fresca de la mañana que el sol comenzaba a evaporar le dieron ganas de vomitar. Guardó la computadora en la maleta con llave. Movió los tres números del candado, y en ese momento se dio cuenta de que no sabía la clave del candado y que al rato tendría que escribirle a Ana para preguntársela. Mientras bajaba al restaurante, le envió un mensaje a Ana.

Ya todos desayunaban y ya todos estaban yéndose de allí, los viejos nadadores, un excampeón en desgracia, entrenadores, los directivos de los clubes, el presidente de la Asociación Nacional. Se reconocían, ya no en la resaca de la noche anterior, sino en la resaca de una carrera que quisieron hacer y no pudieron, una juventud que los ha abandonado, una piel arruinada por años enteros inmersos en el cloro. En el buffet ya no quedaban muchas frutas, alguna banana y dos o tres manzanas. Tomó un yogurt de los que estaban sobre una fuente repleta de hielo, y se sentó a comerlo frente a la televisión que daban unas noticias sobre Centroamérica. Habían disparado contra un grupo de manifestantes. Había varios muertos.

En eso bajó la mujer, recién bañada y con el olor del jabón como una estela que la perseguía, se sirvió café y se sentó al lado suyo. Sacó de su bolso el programa del día, y le dijo que a las diez debían estar en un club. El bus salía de acá a las y veinte. Vio el reloj y ya eran las nueve. Observó por el ventanal del restaurante los veinte pisos del hotel que se erguían alrededor de la piscina y las canchas de tenis. Observó la ventana de su cuarto y la vio abierta, con las cortinas flotando en el viento.

Unos hombres pintaban la cancha. Cuatro hombres movían suave y coordinados cuatro bolos de pintura color azul. De fondo se veían las montañas. Pedro recuerda todo mientras quiere acabar y no puede, encerrado en un baño de su habitación del mar. El sol pegaba fuerte sobre los hombres que pintaban. El aire acondicionado del restaurante estaba fuerte y daba a pensar que el sol, ese sol que todo lo enceguecía, era un sol helado.

Subió a la habitación y ella lo siguió. Empezaron a besarse en cuanto entraron, contra la puerta del closet. Estuvieron allí unos cuantos minutos, pero su cuerpo no reaccionó a la excitación de sus labios y le pidió disculpas. Se encerró en el baño. Sonó el teléfono con un mensaje de Ana que decía La clave del candado es tu número de la suerte, llego en la noche.

Pedro eyacula por fin, y apenas unas pocas gotas de esperma manchan los azulejos del suelo.

Noche

13

Greg estaciona su BM en el amplio parque de la entrada, bajo los árboles, según le indica Germán. Detrás viene el Audi de Emma con Ana.

De todos estos amigos, Greg es el mayor. Se ha dejado una barba frondosa y se rapó el pelo. Viste su saquito tweed de siempre. Fue, por un año, profesor de todos ellos cuando iniciaron el conservatorio. Fue un prodigio musical, beneficiado por el estrellato de su familia. Sin que nadie se lo pidiera, decidió tomar el papel de tutor del grupo, aunque hace un tiempo, el par de años que llevan sin verse todos juntos, cada cosa que dice o hace se torna cada vez más irrelevante para los demás.

Pedro coqueteó con la pintura, con la música, hasta decantarse por la natación. Cuando era adolescente, su madre decidió que debía dejar la natación para estudiar pintura. Sus vocaciones del momento, es decir, el único momento en el que tuvo alguna vocación, no eran ninguna garantía para el futuro. O quería ser músico, aprender a tocar el piano, o campeón de natación. A esa edad no se tiene ningún sentido de la realidad, alegaba Greg, y no se puede seguir el consejo de una profesora cualquiera que no sabe nada de la vida.

Greg, al igual que la madre, insistía en que Pedro podría ser buen pintor. Como la madre, lo alentaba de varias maneras, algunas de esas «obras», algunas de esas cosas, sin comillas, acababan encuadradas y colgadas en el baño del cuarto de Germán y Claire, quienes nunca comentaron nada. La insistencia de Greg era el eco de la anécdota que contaba la madre todo el tiempo. Una noche, en una cena llena de invitados, el adolescente Pedro sorprendió tocando algo de Gershwin o algo parecido a algo de Gershwin, que a los catorce años era su truco secreto. Ante la audiencia de pretensiosos en la sala de la casa, los *bo-bós*, como se decían entre ellos, copa en mano, Pedro sorprendió a todos, y demostró que la adolescencia iba bien, que la educación iba bien, la vida iba bien, y que el riesgo por la masturbación descontrolada o las drogas era mínimo.

Pedro descubrió desde muy chico que, si a la gente le muestras una de tus caras amables, se sienten tranquilos y dejan de molestarte y ni siquiera intentan meterse en problemas tratando de ver o entender las otras caras. Si ellos estaban así tranquilos pensando que él era un talento al piano, ellos compraban esa paz tan difícil de obtener para unos mayores responsables de un adolescente solitario, que se masturba mañana, tarde y noche también.

Desde esa noche, donde se ganó el aprecio de los amigos de la madre que dijeron una y otra vez en medio de la cena, que este chico tiene más talento que nadie, es el más talentoso de la familia, hasta las primeras cenas del grupo de los novatos del conservatorio, en las que Pedro repetía el truco y empezaron a decir unos y otros que en cualquier momento superaría a Greg, quien se apuraba a aclarar que no, para nada, que el verdadero talento que tenía era el de la pintura, que a eso se iba a dedicar mientras encontrara una profesión que permitiera mantenerse, y que también estaba esa cosa de la natación, para lo que necesita nada de talento, porque qué talento puede haber en moverte en el agua, si hasta un perro, cuando lo tiras, sabe qué hacer.

Pedro no volvió a tocar en esos encuentros, excepto los intentos de hacer *Summertime* junto a Ana, quien cada vez se convertía en la estrella irredenta del grupo.

La carrera de Greg fue buena. A los treinta y cinco años era una persona muy influyente. Un buen político de la música. Llevaba la programación anual del Teatro Nacional, viajaba constantemente por medio mundo, compitiendo con Michelle a su manera, y en ese camino, había decidido apadrinar a Ana, para convertirla en una estrella, una diva. Su diva.

Greg es ahora un hombre callado. Tiene una voz profunda, que le ayudaba en el canto, pero unas manos demasiado grandes para ser un buen pianista. Llegó al mar al mediodía, y estuvo dando vueltas por el pueblo. Dejó su camioneta estacionada en el faro, y caminó varias horas por la playa, el malecón. Habló con sus hijas, e intentó, en vano, convencerlas de que vinieran esta noche al mar. Con la esposa llevan una estrecha relación, complicada, silenciosa, dan la sensación de conocerse de verdad.

Hay algo raro en las parejas y las familias que se han ido conformando entre todos ellos. Tanto se conocen, que no comparten este tipo de eventos, tanto porque no celebran la Navidad, son judíos, como por la solemnidad e insistencia que le pusieron Ana y Pedro al organizar esta Nochebuena.

Ella es una brasileña que pasa parte del tiempo en Los Ángeles, y todos suponían que ya no vivían juntos. Tienen tres hijas mujeres. Greg insiste en que comparta estas fiestas con sus amigos. Pero una de ellas, integrada a una milicia religiosa en São Paulo, influye cada día un poco más en los comentarios de Greg.

Cada generación tiene su Greg. Es fácil detectarlo por todo el arco posible: se criaron bajo el poster del Che Guevara, pero hoy celebran a Donald Trump. Greg pasa los cincuenta años sin saber acomodar la terrible sensación de frustración de toda la vida. Es de los que empiezan a buscar nuevas aficiones, comprarse una moto deportiva, salir a pescar, invertir buen dinero en un sistema de televisión y audio para la sala, e incluso en material para navegación en el mar, riles, cañas sofisticadas y este tipo de cosas.

Se reúne de vez en cuando con otro grupo de amigos que, como él, saca a relucir la larga ristra de frustraciones. Se quejan de la política, del gobierno, del país, de los vecinos, de los jefes, y con un relato de amargura, ven cómo los tiempos van cambiando y se quedan con lo mismo, la misma idea, los mismos modelos de zapatos, el coche más nuevo, el último televisor, más grande que el anterior.

No entienden, ni buscan entender qué esta pasando, por qué los dejan sus mujeres, por qué las hijas no les hablan. Se saben animales amenazados, en riesgo porque han construido un mundo, una manera de pararse en el mundo que ahora tiembla y va a caer como un revoque mal puesto, dejándolos a la intemperie.

Greg lucha contra todo eso, que en el fondo es contra él mismo, y armado de enojo critica, putea, porque él cuando critica putea, y ve en todas las mujeres sus enemigas. No a su mujer, no a las hijas, constelaciones que giran alrededor de sus deseos y fracasos, porque aún las ve como personas a su disposición, tampoco a la amante que pueda echarse de vez en cuando, incluso a Ana; pero sí a todas las demás, esas que marchan en la calle, que denuncian acosos, que no dejan que en el trabajo les miren el culo y lo comenten con los demás, que no se callan cuando él las calla, que no le piden permiso, que se burlan de su vida llena de miserias.

Él se aferra, y es lo que comenta cuando está pescando con sus viejos amigos del teatro, que ellas son violentas, que van contra el macho. Así lo dice, y lo va a decir en la cena para discutir, a los gritos, durante quince minutos con la Pingüina, con Emma, con todos los demás. Él insiste y acusa a Emma de sobreactuar por una causa que no es ni de género ni social, sino estrictamente personal, ególatra y sin ninguna terapia que las ayude.

Emma le reprocha a Greg que mientras pesca se agarra de eso, las pone como modelo de la mujer nueva, a la que hay que combatir, no dejar pasar, enfrentar de la manera en la que sea posible. Si no es con la verga, dice Greg, que sea con el dinero. Hay que evitarlas. No darles trabajo. Son como los negros. Así habla Greg. Ahora. Hace veinte años, diez años, no hablaba así.

Le grita a Michelle que la lucha es inmensa, que no se agota en una cuestión de género. Acusa a Jota Jota, a Pedro, de que son unos cobardes.

Recuerda Jota Jota de aquella vez en la que Greg, en una reunión de padres de la escuela, se quejó de que hablaran del tema del aborto y de sexualidad con niños de once años. Que su hija no tenía por qué aprender las posturas políticas de las maestras, que hay que ver qué perversión, que para eso estaba él y su mujer para enseñarle sexualidad a la niña, porque para él, obviamente, el sexo es una cuestión política, sobre todo si se entiende a la política como una dialéctica, disimulada en la medida de lo posible, entre dominantes y dominados, donde él y su clase y sus amigos y los de la pesca y las cenas de dominó, por supuesto, son los dominantes.

Cómo no lo vieron venir. Cómo no se dieron cuenta de que aquel Greg, profesor, librepensador y buen tutor, iba a convertirse en el ideólogo de un grupo de fascistas religiosos brasileños. Emma aprovecha los gritos para sacar las historias de las amantes de Greg, lo de las alumnas. Lo de Ana nadie se atreve a decirlo, ni acaso a pensarlo.

¡Abajo las mujeres! grita Emma, menos la madre, la esposa, las hijas, ya sabemos, y de vez en cuando la amante, cuando no le atiende el teléfono, puta de mierda, y los pobres y los negros y los inmigrantes y los indios, y todos estos últimos, no importa si son mujeres, hombres, jóvenes, niños, viejos, gordos o flacos. La única diferencia a peor, es que sean putos, y eso sí que no los salva de nada.

¿Jota Jota es gay?, pregunta Michelle.

Nadie responde.

Entonces Greg, dice Emma, mira al mundo desde la atalaya enana que ha erigido con la mierda de su vida, con sus sueños de ser algo de bien alguna vez. Lo de la música siempre fue una tapadera. Por algo estudió Sociología, para evitar la empresa del abuelo y porque no hay nada más moralmente repugnante que un estudiante de humanidades que se cree más que los demás.

Súmale a eso, dice Pedro, el fanático discurso de izquierda al que apela cada vez con más vergüenza, por lo que, todo sea dicho, cada vez lo usa menos. De la izquierda a la discriminación, a la xenofobia, no sé por qué nos sorprende, pero si la Historia está llena de puentes así, tan cortos, tan drásticos.

Entonces ahora tenemos a este Greg, que habla poco, pero cuando habla, como lo hace ahora, emite un juicio y una queja, siempre en ese orden, y putea que cada vez haya más inmigrantes, que en este país entra cualquiera, que qué van a hacer, y que cuidado con los tipos que roban, que ya no se puede andar por la calle, que hay que poner otro policía en la caseta de seguridad de la casa, que no hay que dejar que la niña se junte con las hijas de la maestra, que todo está carísimo, que el país se va a la mierda, que hay que apretar todo más, pero qué cansancio vivir así, entonces volver a la máscara de amabilidad, la del padre comprometido, el esposo dadivoso, el hijo atento, el amante obsesionado, el pagador generoso de las prostitutas.

Y se pregunta, como si nada, cuando entra en duda con su viejo discurso de izquierda, si pagarle a una prostituta está bien o mal, si está mal porque oyó por ahí que son esclavas de alguien más, o que está bien porque al menos le das trabajo, y porque a lo mejor un poco les gusta.

La felicidad ajena la considera una traición.

Ana dice que Pedro y ella tienen algo que decirles. Nadie la oye. Pedro se levanta por más vino. Emma le pregunta a Greg si tiene algo para defenderse, pero Michelle responde que Greg habla poco. Casi no dice nada. Ríen. Ojalá. Sería lo mejor que les podría pasar.

14

Emma comenta las navidades con la madre de Pedro. Recuerda la última, el paseo por el malecón en la silla de ruedas, la cena, cómo pedía que le trajeran uno de los sillones con el almohadón rojo, que escondieran la de ruedas en el pasillo. Que no paraba de tomar champán, que Ana no le soltaba la mano, se acariciaban todo el tiempo. Dice que por eso hoy trajo un enorme ramo de jazmines para recordar un viejo olor de esta casa.

Llega Jota Jota. No se oyen los niños, dice Emma. Parece que no vienen, responde Ana.

Jota Jota entra solo, quejándose del frío. Sus treinta y nueve años parecen sesenta. Al menos mantiene la melena enrulada, negra. Ni una cana, dice Emma. Está más gordo. Tiene la barba desarreglada, el bigote largo sobre el labio de arriba. Los mismos lentes desde que se conocieron. Las mismas Nike de hace veinte años. Estoy furioso, dice. ¿Los niños?, le preguntan y dice que eso está cada vez peor.

Jota Jota dice que aquí dentro hace más frío que afuera. Ni siquiera saluda y se sienta. Greg le pregunta si no trajo nada. Jota Jota dice que unos vinos, y los pone sobre la mesa. El francés que te gustó la otra vez.

Maricela quiere hacer veganos a los niños, dice Jota Jota para iniciar la explicación de por qué sus hijos no están aquí cuando todos los esperaban. Ahora resulta que desde que Maricela se hizo vegana pretende que los niños también lo sean.

No tiene nada malo ser vegano, dice Ana. El problema de ella es ser fanática, agrega Emma. ¿Se acuerdan cuando Maricela era fanática de la biodanza? Bueno, ahora está mucho peor, sigue Jota Jota. Siempre está igual, solo que va cambiando de tema. Primero era lo de ser de ser indigenista, había puesto un póster de Evo Morales en la sala, luego de ser ecologista, ¿se acuerdan el escándalo que hizo esa Navidad porque había platos de plástico? ¿Y cuando estaba militando en la lactancia y se ponía en medio de la calle a amantar al niño? Iba a las iglesias, a cualquier lado. ¡Y el nene ya caminaba! O lo de las vacunas. Eso debería haber sido el límite. Pero nadie supo pararla.

Hubo que vacunar a los niños a escondidas, recuerda Ana.

Piensa Pedro en Maricela, en Jota Jota. En la manera en la que ese matrimonio voló pronto, inevitable, por los aires. No es como el suyo con Ana. Piensa Pedro que cada amor nace y muere a su manera. No hay dos amores en este mundo que se partan del mismo modo.

A Maricela la conocían desde los doce o trece años. Era compañera de la secundaria de Jota Jota. Fueron novios, amigos, amantes, lo que sea en esas relaciones que surgen y se desvanecen con esa tara insoportable que ahora llamamos pasión. Estudiaron cine juntos, se recibieron, siguieron trabajando juntos. Así llegaron al matrimonio y a tener tres hijos, ninguno que destaque por su belleza o encanto, piensa Pedro.

Niños de normales para abajo, pero muy rendidores para llevarlos de vez en cuando al cine o comer hamburguesas, porque eran bastante bien portados y no pedían nada. Ana los procuraba bastante seguido. Acaso, de todos los amigos, sea quien más los buscaba algún sábado y los llevaba a pasear.

Los demás intentaban hacerlo, todos tenía adoración por el más grande, Jota Jota chico, pero era un problema cuando las cosas no iban bien entre Maricela y Jota Jota, el noventa por ciento de las veces, porque eso implicaba que no podían ni acercarse a ver los niños, como ahora.

Pero qué le pasó, dice Emma, si Maricela era una mujer como nosotros, saben a qué me refiero. Además, era perfecta para Jota Jota, que le gusta estar con mujeres que le permitan ser un niño inmaduro. A lo mejor fue eso lo que pasó, replica la Pingüina.

Piensa Pedro cómo es que son esos ellos. En algo está de acuerdo, hay algo en ellos, no en la familia ni en el grupo, sino en la generación esta que alrededor de los cuarenta se mueven con el desparpajo desperdiciado de la juventud. Piensa él, que cumple cuarenta años en un par de horas, en Ana, quiere decir que ninguno de ellos fueron criados en ninguna lucha por mejorar el mundo, que solo les quedó el resabio de unas décadas atrás, la de sus padres y maestros, acaso, a lo mejor la de sus ídolos, que más allá de lo que cada quién podía hacer, tenían un discurso de utopías y salvaciones que les servían perfecto para forrar los cuadernos con sus caras, agitar sus banderas, pero, sobre todo, tener una posición, siempre una posición sobre cualquier tema.

Un viaje constante al ego de la sinrazón, una mueca ideológica para sumarse a cualquier postura ante al mundo. Sí, piensa Pedro, Maricela era como ellos. Exactamente igual, solo que dio un paso más en todo.

Maricela, piensa Pedro, mientras le llena la copa a Emma, era el epítome familiar de su generación, la que los acusaba a todos de ser cínicos por la impavidez con la que se movían en este mundo.

¿Es que acaso no les interesa lo que está pasando en Nicaragua?, les gritaba en medio de una discusión, y cuando le respondían con un simple No, se ponía más furiosa. Lo más interesante, recuerda Pedro, es que a la siguiente reunión todos venían con el Tema Nicaragua más o menos estudiado, habían leído quién gobernaba, qué había pasado en las últimas semanas, incluso alguno iba a más y trataba de saber otras cosas, como por ejemplo, qué había pasado en Nicaragua en los últimos cincuenta años.

Pero cuando ahí se sacaba el Tema Nicaragua, porque estos amigos siempre quieren quedar bien y hacer sentir que cada uno tiene su lugar, y alguien completaba el dato con un gesto de sorpresa, de Qué barbaridad, Maricela se quedaba callada hasta que alguien le decía Maricela, pero ¿qué va a pasar con Nicaragua?, y ella, como si nada, agitando el gin tonic, metiéndose una papa frita en la boca, levantaba los hombros y decía que Ya, que con Nicaragua no había nada que hacer, que ahora el tema era las pruebas genéticas que estaban haciendo los chinos, que eran capaz de crear personas, e iba subiendo el tono, dejando el vaso de gin tonic sobre la mesa, y viendo que nadie opinaba ni decía nada, casi a los gritos, exclamaba, ¿Es que a nadie le interesa lo que están haciendo los chinos?

Maricela, como todos los de su generación, siempre necesitaba estar de un bando, no tanto por lo que ese bando le brindaba, una ideología o una postura en la vida, sino porque eso le permitía estar en contra de otro bando. Fueron criados para eso. Su narcisismo incombustible los obliga a ser algo, y como parece ser que no pueden ser mucha cosa, prefieren ser un Algo Contra Los Demás. Algo es algo. Y con Maricela, todos los demás, los otros, eran siempre, con cualquier asunto, el otro bando.

Lo de ser vegano o no, es casi un detalle, no es el problema, dice Jota Jota. Los chicos están enfermos. Jota Jota dice que los llevó al médico. Pero antes de seguir, pide a Emma que no se ponga insoportable. Emma está enojada porque hace más de un año que no los ve. Te va a matar, le dice Ana mientras abre una botella de rosado que acaba de sacar casi helada del congelador.

Jota Jota acerca la copa para que le sirva. Jota Jota es el frágil sobreviviente de un mundo que ha implosionado. Un hombre que ha desistido en medio de una guerra de la que ni siquiera sabe las razones. No fue derrotado sencillamente porque en esta guerra no hay triunfadores. Y no es solo eso, sino que está inmiscuido en la trigésima batalla mental con los hijos de por medio, como botín y como experimento de una lucha donde las únicas armas son el sinsentido y el egoísmo de esos padres que pretenden salvar la pareja, la familia, de manera abusiva y fatal. Está perdido. Dice que todo se le está yendo de las manos.

Que la separación con Maricela se está llevando al garete a sus hijos, y que en cualquier momento su lugar de padre, su función de padre también, va a quedar difuminada en la desesperación. Nadie te va a quitar los hijos, le dice Ana. Nunca vas a dejar de ser el padre. Es tan obvio que no se ve.

Jota Jota y Maricela estuvieron casados casi diez años y tienen tres hijos, una niña de seis años, y dos niños, uno de ocho y otro de tres. Se separaron hace casi un año, de repente, luego de que ella regresó de un viaje de un mes al desierto. La separación de repente es la versión de Jota Jota. Maricela decía que llevaban años ya separados. Ana y Pedro

151

saben de eso. Estar separados y juntos. Maricela y Jota Jota son cineastas, documentalistas y juntos han filmado cinco películas. La primera película fue premiada en Locarno, la segunda fue bien recibida en Tribecca. Luego tuvieron hijos y no volvieron a participar en ningún festival relevante.

El último tiempo de su matrimonio fue una pública guerra de sexo. Ella le pedía sexo cada noche. Él le decía que no. En estas cenas con los amigos, cada semana ella reportaba el tiempo que llevaban sin coger. Dos años, llegó a decir. Son sus métodos de lucha, de guerrilla. Se pelean, hacen la guerra, y el amor, a su manera: ella siente el poder del ser víctima; él, de hacerla sufrir.

Todos tiene un planteo parecido ante el deseo. Piden desde la insatisfacción. Quiero que me satisfagan en un solo gesto y ahora mismo.

Ahora ella se dedica a hacer documentales de temática mística y él dirige, de vez en cuando, anuncios de publicidad, sobre todo de coches.

Maricela contó que se había ido al desierto a conocer y filmar con un tipo que vivía allí desde hacía más de treinta años, un ermitaño que había convertido el lugar en un desfiladero ascético de cientos de personas que llegaban de cualquier lugar del mundo. Urqali, así llamaban a este hombre, que los recibía una semana al año, cuando salía de la cueva y sentado sobre un mullido sillón bajo un árbol, el único árbol en kilómetros a la redonda, les ponía la mano derecha sobre la frente a los viajantes. No hablaba, no les decía nada, y la mayoría de las veces, ni siquiera los miraba a los ojos. La gente acampaba durante semanas esperando que llegara el momento en la que el hombre los recibiera. Pero esto nadie sabía cuándo podía pasar. Sin embargo, el hombre, —¿el viejo? Nadie sabía cuántos años tenía—, cada amanecer salía de la cueva, o de esa pequeña construcción que había hecho en un hueco de la montaña, meaba bajo el árbol y estiraba la espalda y los brazos en un movimiento tan natural, pero que los demás veían como una expresión de adoración hacia el cielo, así que lo repetían como un ritual. Y mientras el hombre volvía a encerrarse, ellos, de pie al lado de sus carpas, estiraban la espalda y levantaban los brazos al cielo, y nadie se veía ridículo o ingenuo, porque en ese momento cada uno pedía un deseo o la salvación eterna o algo de la luz que empezaba a ocultar las estrellas de la noche.

Podrían pasar semanas, incluso meses, hasta que se decidiera sentarse para recibir a sus incondicionales. Y cuando lo hacía, eran diez días de un trajín incesante de gente que, milagrosamente veían iluminar su vida cuando él les tocaba la cabeza. Uno tras otro salían a caminar por el desierto enorme hasta perderse de vista, llorando o rezando o reflexionando sobre el momento que acababan de vivir.

Después del primer viaje, Maricela se acercó al pequeño grupo de personas que organizaba los viajes al desierto, vendían los boletos de avión, rentaban los Jeeps para llegar, daban las carpas de campaña, te decía en qué lugar de la fila debías ponerte para que te reciba Urqali, y te conectaba el teléfono a internet.

Jota Jota habla de ellos como los responsables de su desgracia, aunque no sabe casi nada de ellos, porque Maricela jamás contaba nada. Se refería a ellos como Los Pochos y Jota Jota decía que Los Pochos le habían robado el matrimonio, la familia y estaba a punto de llevarse a sus hijos.

La cuestión es que Jota Jota se queja de que Maricela no alimenta bien a los niños. Dice que tuvo que llevar a los niños al médico, por lo flacos que estaban, pero sobre todo por el color verdoso, dice Jota Jota, que tenían en la piel. Desde hace tiempo, cuando estaban con él, cada fin de semana, los niños se negaban a comer carne, diciendo que mamá y el Pocho les habían dicho que con el bife de vaca se están comiendo a un señor muerto de alguna vida anterior. Al principio, a Jota Jota le hacía gracia, pero cada fin de semana era peor, hasta que el tema de la alimentación se convirtió en un tema obsesivo de todos. Jota Jota, que basaba la comida de los niños en pizzas y cualquier otra cosa que pudieran traer un repartidor a la casa, estaba todo el tiempo a dieta, y cuando llegaba la hora de comer con sus hijos se entregaba a la gula de manera alarmante.

Jota Jota estaba cada vez más gordo y los niños, cada día más enfermos. Los llevó al pediatra porque estaban al borde de la anemia. Los niños cuentan que hay noches que solo les dan de comer una banana, otra noche solo nopales, orgánicos por supuesto, y que no desayunan más que tofu y algo de pan negro. Jota Jota citó a Maricela para hablar del asunto, pero ella se niega verlo. A estas alturas, la relación está mediada por la niñera, el pediatra y los abogados. Dice que va a ir al juez, pero que como ahora el abogado está de vacaciones, no puede hacer mucho.

Maricela se cambió de nombre. Jota Jota dice que ni sabe cómo se llama. Pero claro que sí sabe cómo se llama, porque Maricela se los dijo a todos en el cumpleaños de la niña. A cada uno que llegaba le decía que ahora se llama Sheila, y cuando alguien se refería a ella como Maricela, lo interrumpía, cerrando los ojos casi en cámara lenta, con ese gesto de alguien que no puede creer tener que relacionarse con gente que no ha comprendido nada, tener que aclararle una y otra vez las cosas, y sí, todo eso ocurría en su parsimonioso abrir y cerrar y volver a abrir los ojos para decir lentamente: Sheiii-la.

Ana aclara que ahora se llama Sheila, que significa algo así como Manto de Luz, según los bautizó Urqali a ella y a uno de los pochos. No te hagas que no lo sabes, Jota Jota. No te sirve de nada. Los niños tampoco le pueden decir mamá, la tienen que llamar así, Sheila. Pues la llamemos así, dijo Ana. A mí me cuesta, dice Greg. No me acostumbro.

Yo ya le cambié el nombre en el teléfono, dice Pedro. Yo voy a hacer lo mismo, dice Emma, porque cuando llama a su casa para charlar con los niños o si pasa a buscarlos y pregunta por Maricela, no le responde y luego no se los da, o se los manda con la empleada.

Así que yo le digo Sheila, aunque me cueste.

Cuenta Jota Jota, mientras abre la primera botella de las dos que trajo, un vino francés, un alsaciano pesado que le debe haber costado una fortuna, más que nada porque a Jota Jota ahora todo le cuesta una fortuna, que ayer los fue a buscar, porque les tocaba anoche estar con ellos, pero no había nadie en la casa de Maricela. Hoy iban a pasar la Nochebuena con todos nosotros. Pero Maricela, dice él, no se los quiso dar. Sheila, la corrige Emma, acaso burlándose. Que se fue a las sierras a pasar unos días, sigue Jota Jota y se sirve una copa y la prueba, en un principio con cierta lentitud, pero el segundo trago prácticamente será de un tiro y dice que Maricela le dijo que se olvidó que les tocaba a él.

Que le pedía disculpas, Que los trae mañana a la mañana, pero Jota Jota dice que sabe que eso no va a pasar, que llegarán después del mediodía, así que seguro les caga la Navidad. De todas maneras el árbol está lleno de regalos. Se sirve otra copa, y Greg lo mira con precaución, pero también con sed, él no le ofrece a nadie una copa. Se vuelve a servir.

A María le compró la casa de la Barbie, a Jota chico el arco de fútbol, y a Jerry un pianito de colores, de esos que tocas un botón y sale un rana haciendo un ruido espantoso. Yo le compré lo mismo, se queja Greg. ¡Te dije que el pianito se lo compraba yo!

Bueno, va a tener dos, dice Ana y piensa en otro gen familiar que deberá cargar un piano. ¿Cuánto pesa un piano?, pregunta Emma. Más de doscientos kilos le responde Pedro. ¿Y una ballena? Cincuenta toneladas, mínimo. ¿Y el corazón?

Jota Jota cuenta todo esto antes de empezar la cena, y ya se comió un bol entero de papas fritas y ya está algo borracho.

¿Nos iban a contar algo?, le dice a Pedro.

Pedro mira el reloj. Faltan un par de horas para la Nochebuena y su cumpleaños. Ana se levanta de la mesa para hablar por teléfono. Ríe una broma que no le hace él.

¿Ana no va a cantar?, pregunta Jota Jota.

15

Emma se pone de pie y lo primero que dice es: sí, estoy a dieta, y no quiero que sea el tema de la reunión. Mírenme, bajé cinco kilos y ni se me notan, dice sacando pecho. Pero bueno, hoy vengo a disfrutarlo. ¿Ustedes qué tal? ¿Todo bien? Al rato va a venir Mauro, no jodan. Se los presento porque son ustedes. Es divino, tiene veinte años y también espero que su edad tampoco sea tema de conversación esta noche.

Yo también estoy a dieta, le dice Michelle.

¿Y a mi qué me importa? ¿Por qué desde que digo que estoy a dieta todo mundo me cuenta de sus asuntos alimenticios?

Pasa la noche ansiosa, los amigos se sientan a la mesa, comen, beben y descubren, con estupor y quejas, que nadie trajo el plato principal. Hay papas, aceitunas, quesos, ensaladas, pan, postre. Tendrá que ser suficiente.

Se sientan, se paran, suben al primer piso y tocan algo al piano, bajan aburridos porque ya no se tienen paciencia, se va la luz por un momento, los celulares van quedándose sin pila. Se escuchan los gritos de unos vecinos. Cosas que se estallan en el suelo. Otros golpes secos. Son tiros. Se callan para oír el escándalo. Los defrauda que dure tan poco. Ana anotaría en una libreta los temas de conversación: Michelle se queja de que sus amigas solo la buscan cuando están mal. Emma le dice que sus amigas son las típicas que buscan hombres para desarmarlos y luego los desechan porque no les sirven para nada. Greg cuenta que fue a un karaoke gigante en Brasil. Mil quinientas personas.

Pedro recuerda lo ocurrido hace solo dos días: estaba en el baño de abajo limpiándose los lentes con unas toallitas húmedas, y Ana estaba frente el espejo, peinándose, pintándose. Tomó el teléfono y sacó una foto mientras cruzaba el brazo izquierdo sobre el pecho y con la mano suavemente se ponía un arete en la oreja. Pedro recuerda ahora en el baño de arriba, el espejo cubierto por el vapor. Pasa la mano para ver sus caras. Jota Jota cuenta que su ex todo el tiempo regaña a la hija por cómo se viste. Así de mal va a salir, dice Michelle. Jota Jota pregunta si creen que va a llover. Pedro piensa en las palabras que se mencionan, antes y después del orgasmo. Y durante. Michelle dice que no quiere aceptar el fracaso de esta relación en la que está solo para no darle la razón a su exmarido que le dijo que nunca sería feliz con nadie.

Pedro imagina el manual de los recién casados, que no tiene instrucciones para el final. En la guerra del amor, dice, seguimos siendo como los japoneses que estaban escondidos en el bosque años después de que todo ya había acabado.

Interrumpe Emma, que dice que está harta de la épica de la paternidad, ¿por qué ahora la gente se cree que criar hijos es algo épico, algo que se hace por primera vez en la historia de la humanidad? Ya no hay madres, hay madres épicas, lo mismo los padres. Creen que hacen algo por primera vez, un sacrificio sobrehumano. Hombres y mujeres que creen que por darle el biberón al niño están haciendo el viaje de Homero en la Odisea. Creen que por cada desmadrugada, necesitan un estatua en el centro del pueblo reconociéndoles la proeza. Estamos peor que nunca, somos un montón de treintones, cuarentones, tan enamorados de nosotros mismos, llenos de un ego que solo vamos a poder vomitar. Deberían hacerse más pajas y dejar de reproducirse, si es que tanto les cuesta.

En marzo, Ana estrenará una obra en Los Ángeles. Pedro no estará allí para acompañarla, para verla nerviosa por la casa, jugar con el perro, ladrarse por alguna bobería, oír los ejercicios de la garganta que hace en el baño de arriba, negarse a hacer el amor semanas antes. Según su teoría, el orgasmo le quita el rictus que precisa para el escenario, la tensión erótica la eleva en pleno canto y allí siente algo parecido, supongo, al placer sexual. Esta idea recuerda Pedro que salió en una comida en casa, hace muchos años, luego de que le leyera en el diario que un director técnico de futbol no dejaba a sus jugadores que tuvieran sexo antes de los partidos. Ana lo comentó una vez cuando estaban con Greg, y él lo tomó como técnica y discurso con sus alumnos y, por supuesto, con Ana.

Marciano recomendaba exactamente lo contrario a Pedro antes de alguna competencia.

Nadie en la cena habla del viaje de Ana, ni del espectáculo de febrero. Nadie en la mesa sabe que Ana y Pedro están teniendo su último momento juntos, que ya han decidido separarse, que todo está listo para la mudanza.

Estos encuentros de amigos son un festival de egos heridos. Muestran su lado indolente, afanoso por ser reconocido por el otro. Se les escapan las cosas de las manos, pero no saben qué. Son ciegos que solo desean la mirada de los demás.

Emma pregunta a Ana cuándo volverá a cantar, pero no le responde. Pedro mira a Ana, y presiente lo que otras veces: que Ana no disfruta nada de todo esto de la música. Hay algo de esa felicidad que se le escapa horas antes de subir a cualquier escenario. Las luces del teatro incendian algo que Pedro no sabe. Está enojada.

Pedro recuerda hace cinco años, cuando se separaron por un mes. Pedro vivió en casa de su padre, y un día regresaron, como si nada. Por amor, o por consideración. Aquella vez estaban hablando de tener hijos. En esa época lo hacían de vez en cuando. A veces ella decía que sí y Pedro decía que no. Otras veces él quería, y ella se oponía. Era lo normal. En el fondo, ninguno de los dos sabía si quería o no tener hijos. Nadie lo sabe. Pero aquella vez, Ana dijo algo que no debía decir en medio de esa conversación, que inmediatamente transmutó en una discusión álgida y dolorosa. Dijo que le había consultado (aunque ella, en las discusiones de la reconciliación, dijo que había dicho comentado, no consultado) con Greg, que qué pensaba sobre lo que pasaría con su carrera si se embarazaba. Aquello acabó en gritos, acusaciones, una taza rota, el perro asustado en el cuarto de visitas de arriba. ¿Cuántas tazas rotas se anotan en la lista de las cosas que quedan de un matrimonio?

¿Qué aprendemos de perseguir al amor como se persigue una ballena blanca?

Pedro lo tenía anotado en una de las listas de los dos. Lo que le enseñaba el padre acerca de obsesionarse con un cachalote inmenso, viejo, blanco. Peligroso. No te obsesiones con el animal, no lo idealices. No dejes todo por atraparlo. Lo atraparás, pero la obsesión no es la estrategia. Escúchate en tu fuero interno. Nada ni nadie mejor que tu corazón para seguir navegando. Él sabrá decirte por dónde. Siempre hay una ballena blanca por la que luchar. Por la que vivir.

Pero ahora que ve a Ana trayendo un bol con ensalada, que piensa si en la ensalada hay algo de lo que no le gusta, el berro, el aguacate, los tomates. Pedro sabe la lista de memoria, tiene claro qué cosas son las que no le gustan a Ana: berros, alcachofas, tomate, mamey, papaya, zapote, higos, betabel, berenjena, calabacitas, plátano, nopal, pasas, espinaca, chayote, brócoli, pepinillos, leche, ciruela pasa, morcilla, miel de abeja, alcaparra, anchoas, champiñón y algunas cosas más. Está todo anotada en la lista pegada en la cocina. Y la ve ahora yendo y viniendo a la cocina, sentarse cómoda en una mesa familiar pero ajena, ahora que la ve y le sigue gustando, piensa en el momento en el que saldrá al escenario y alguien interrumpe, Jota Jota interrumpe el pensamiento de Pedro y le pregunta a Ana si había vuelto a tener contacto con los de Milán, después de aquel ensayo.

Emma, Jota Jota, adoran a Ana, admiran su tenacidad para aguantar un oficio que no quiere, un marido como Pedro, una vida que juzgan de mediocre. Pedro se levanta por más vino. En la cocina recuerda aquel ensayo como una pesadilla. Es más, piensa ahora que es el momento exacto del génesis de la plaga de termitas en la casa.

Fue una Navidad, un cumpleaños de Pedro en el que Ana tuvo el momento más importante de su carrera. La posibilidad de un ensayo en Milán, auspiciado por los contactos de Greg, en la época en la que quería llevar la carrera de Ana.

Pedro recuerda esa tarde, el beso corto en la boca con el que se despidieron antes de entrar al teatro, cuando él se fue a comprar ropas de natación, y ella a soñar que luego de esa tarde volaría en avión privado a París, a Viena, a Nueva York. O al menos eso le hacía creer Greg.

Alguna vez lo habían comentado, tirados en el sillón, viendo alguna película, fumando y bebiendo. Pedro no cabía de ninguna manera en su fantasía del triunfo. ¿Qué podía hacer un profesor de natación con la piel podrida en la alfombra roja sobre la escalera de un gran teatro? ¿Pensaría, al menos en Greg?, se preguntaba Pedro. Ella no se sabe, pero él sí, seguro, como el representante que llega y va reservando las mejores habitaciones de hotel, una al lado de la otra, cargándole el pasaporte, pagando todo con su tarjeta de crédito, y celebrando el triunfo de cada noche entre litros de champán y flores, ramos grandes, ahora que ella iba a pegar.

Esa tarde, la del ensayo, Ana llegó al teatro, y tuvo que registrarse una y otra vez ante diferentes guardias de seguridad para que la dejaran pasar por fin hasta el proscenio, donde estaban el maestro, algunos de sus asistentes, y la pianista, todo herméticamente vigilado.

Estas condiciones suponen para Ana una humillación inaudita, porque en los últimos años ella entra a los teatros y a los camarines que quiera porque ella es ella, o al menos viene acompañada de Greg. Ana insulta por lo bajo que Greg no haya llegado a tiempo para evitarle todo esto y presentarle al maestro.

El hombre la ve entrar y se acerca a ella con los brazos extendidos para abrazarla con simpatía. Ella siente que el mundo se puso a sus pies. La pianista pregunta por Greg, y Ana responde que debe estar por llegar. Empecemos inmediatamente, y el piano empieza a sonar con las primeras notas de una aria de La Cenerentola.

Ana se quita el abrigo y la bufanda y los va dejando tirados en una silla. El maestro mueve las manos al ritmo de la música y a su turno, Ana se queda muda. Un tempo tardío, un segundo de silencio que la deja muerta o casi muerta, y el aire se corta con una sonrisa del hombre que le indica a la pianista que vuelvan a empezar y él va de nuevo murmurando lo de *non più mesta* y otra vez ella que no responde y quiere llorar y está hecha una furia que quisiera romper un florero, un piano o un tenor ahí mismo, y otra vez el hombre, amable y con dulzura, la toma de los hombros y le dice que esté tranquila, que no pasa nada.

Acerca su cuerpo al suyo, aprieta los pechos y siente los de Ana a la altura del plexo y presiona lo suficiente para sentir cierto poderío. Sus brazos largos le cubren la espalda y dan vuelta por la cintura. Ella siente vibrar de emoción o de nervios, mientras él hace una seña con los ojos a la del piano para que toque la pieza y entonces la aquieta al ritmo de la melodía y murmura el canto suyo y el de Ana, y Ana calma su furia poco a poco y huele el perfume del hombre, intenta adivinar una o dos marcas, pero piensa que a alguien como él le deben fabricar algún perfume especial, pero este huele a Amouage, y ella de pronto entiende lo ridículo de la situación, de lo mal que está quedando y de cómo se acaban sus vuelos en primera y un perfume hecho especialmente, porque después de este momento patético en el que se presentó en este teatro, en el que no solo no supo cantar la Cenicienta, sino que se mostró débil y sumisa ante el fracaso.

La dulzura del hombre, de ese maestro, que parecía genuina, no permeó en el autoflagelo de Ana y a ella le tomó unos minutos recuperarse. Para eso, el maestro se había sentado al piano y junto a la pianista estaban tocando Gershwin a cuatro manos. No fue hasta ese momento en el que por fin llegó Greg con un ramo de flores que los tres pensaron que sería para ellos, y él, al darse cuenta de que no sabría en ese momento a quién dárselo, si a Ana o los demás, lo dejó sobre el piano. Están preciosas, dijo Ana, adjudicándoselas. Él trató de ser ameno y campechano, preguntando cómo iba todo, si estaban listos para la función. El maestro aprovechó para arremangarse el ligero abrigo que traía y en gesto contrario pidió que le trajeran el pañuelo para cubrir la garganta. Estamos empezando, le respondió a Greg, y creo que vamos muy bien, dijo girándose hacia la pianista que asintió con la cabeza.

Ana cambió de actitud por completo. La presencia de Greg le daba seguridad e incluso otro semblante.

Estoy lista, les dijo.

Y mientras Greg se sentaba en una silla alejada, la pianista comenzó otra vez.

16

A los amigos, después de tantos años, les cuesta entender el sentido de por qué siguen manteniendo esa relación. Deben recordar una y otra vez las mismas anécdotas, para conmemorar ahora mismo todo lo que tienen en común, que solo es el pasado. La de Jota Jota, en la primera fiesta, es probablemente la más recordada. Estuvo desaparecido cuatro días. Había reprobado la última materia, y si bien eso no le permitía pasar a la universidad, tampoco le arruinaría su planes de celebrar la fiesta de fin de curso en el club.

Allí estaba todo el grupo, Pedro y Ana, Michelle, *ma belle*, como le dicen inevitablemente todos de vez en cuando, y Greg que eran novios, Emma, Jota Jota y Maricela. Estaban todos los demás amigos, *dealers*, suficiente alcohol para emborrachar a toda la escuela. Al otro día, cuando ya era de mañana, Jota Jota fue el único que se atrevió a manejar la camioneta de Greg para llevar a una de las chicas a su casa. Jota Jota y Emma, y la chica de la que nadie recuerda ahora su nombre, tuvieron su primer trío. Para aquella chica era la primera vez que tuvo sexo. En la camioneta, Jota Jota se durmió y se estrelló contra la vidriera de una farmacia. El coche quedó estampado contra unas estanterías con frascos de homeopatías y cremas antiarrugas, debajo de una cruz verde que titilaba unos segundos hasta apagarse.

La chica que estaba atrás voló hasta el parabrisas de la camioneta y lo reventó con su cabeza, que quedó llena de sangre. Los cristales saltaron hasta la frente de Emma, que aunque por suerte llevaba el cinturón de seguridad, no pudo evitar los cortes y gritar desesperada con los chorros de sangre que le cubrían los ojos, la nariz, la boca.

Jota Jota solo tuvo una idea en ese momento. Al ver a la chica muerta, supuestamente muerta, en realidad desmayada y a Emma desfigurada y llena de sangre, aunque solo tenía unos pocos cortes, tuvo el único instinto que tal vez defina su vida: escapar.

Salió de la camioneta, dejó a Emma llorando desesperada, ella también creía que la otra estaba muerta, y corrió cuadras tras cuadras en una avenida poco transitada. Solo en un cruce frenó de golpe porque casi lo atropella un coche, se dio vuelta y vio cómo algunos autos iban parándose alrededor de la camioneta chocada e intentaban ayudar a sus amigas. Al cabo de unos segundos, cuando seguía corriendo a pesar del dolor de la rodilla que sintió en ese momento, oyó el sonido de unas sirenas de motos de policías.

Se detuvo en la parada de un autobús, que no tenía luz, lo que permitió guarecerse. Respiraba agitado, vomitó todo lo que había bebido y vio sus manos ensangrentadas. No había herida alguna, y esa sangre era cuando le había tocado la cabeza a Emma. Se limpió la boca con el brazo y la mano con el suéter y en ese momento pasó un autobús y se subió, y como no tenía cambio para pagarle, dejó al chofer un billete de los grandes.

Anduvo casi una hora hasta que llegó a un lugar que no conocía, pero que le parecía cerca de la estación de larga distancia, así que caminó un poco, una media hora más o menos, hasta corroborar que tenía razón y llegó a la boletería y se compró un billete al mar, pensando en ir a esta misma casa de la familia de Pedro, pensando que no habría nadie y podría esconderse en la parte de atrás. La casa estaba vacía, en esa época casi abandonada, pero antes de entrar, se dedicó a andar por las calles cercanas, el centro, rumiando contra sí mismo porque acababa de matar a una amiga, de estrellar la camioneta de Greg en una farmacia, por haber tenido sexo por primera vez con una chica que no sabía quién era, y que conoció su sangre primero en la cama, luego en la camioneta, y que la tenía por todos lados, en su mano, en su suéter, y pensaba si acaso moriría en cualquier momento, o quedaría toda desfigurada, como Emma.

Estaba seguro de que la policía lo andaba buscando, que le darían años de cárcel, que no solo esa mañana no había acabado el colegio como le había dicho a todos, sino que estaría en el futuro entre rejas, lejos de la universidad, como estaba previsto. Jota Jota estaba ahora a varios kilómetros de dónde la policía lo buscaba, así que pudo meterse en un bar, lleno de miedo y desesperación, a tomar una Coca-Cola e intentar calmar sus manos que temblaban, y a evitar llorar porque los fugitivos asesinos de diecisiete años no lloran. Él parecía de dieciocho.

Mientras tanto, Emma estaba en el hospital donde le habían hecho un par de puntos sobre la ceja izquierda, y la tenían en observación en medio del escándalo de padres y amigos. La otra chica, que por fin supieron quién era y cómo se llamaba (Alicia), ya estaba en su casa, sin siquiera la necesidad de puntos ni nada. El coche, el seguro, la policía, la desaparición, la denuncia de la familia de la Alicia, todos desesperados intentando saber dónde estaba Jota Jota, cómo había salido, qué le iba a pasar. Nadie pensó que estuviera muerto, pero todos querían matarlo.

Jota Jota caminó por la playa, se sumó de lejos a una clase de tai chi. Siguió andando por todo el pueblo. Por la tarde entró al cine, y si bien vio un rato la película, los nervios no lo dejaban en paz y se meó encima. Se largó a llorar desconsolado, hasta que vinieron unos guardias a asistirlo, pero cuando pensaron que era un *homeless* o un drogadicto, lo primero empezaba a serlo, lo segundo lo había sido hacía unas horas, lo echaron a patadas del lugar. Jota Jota se sintió aliviado en ese momento porque no lo denunciaron ni lo llevaron con la policía, sospecharon lo peor de él, pero no que era el asesino de sus amigas.

Caminó, porque qué otra cosa puede hacer un asesino más que caminar, sobre todo cuando nunca sintió arrepentimiento o un sentimiento parecido a la culpa, y caminó hasta una estación de servicio donde le preguntó a un camionero si podía irse con él unos cuantos kilómetros al sur. Llegó a la casa de los Ruiz. Allí lo recibieron Germán y Claire, lo curaron, le dieron de comer y al otro día llamaron a los padres y a los demás. Incluida la policía.

Se ríen por enésima de la misma anécdota, boba, que al contar una historia de hace más de veinte años, de haberla contado tanto, se convierte en la banda sonora del fin de la amistad.

La Navidad pasada, Pedro recibió de regalo de cumpleaños de su madre esta casa del mar. Ella falleció a los pocos días, y la enterraron profundo al lado de sus padres y de los padres de ellos, bajo el enorme tejo que sobrevive altivo contra el clima del mar y los inviernos, en una breve ceremonia con Germán y Claire, que leyeron el Eclesiastés, y donde Ana cantó las canciones que la madre cantaba en sus películas, incluso aquella que, mirando al cielo y al árbol enorme de cien años, decía *avec le temps, va, tout s'en va, on oublie le visage et l'on oublie la voix.*

Pedro observa la casa que no alcanzó a ser de los dos, donde no volvieron hasta esta noche, donde Ana ya no saldrá por las mañanas a correr con el perro ni él la esperará en la galería de arriba con la ducha caliente ni el café listo para ver las olas desde el ventanal, o leer un libro que no esté en ninguna lista.

Pedro piensa en esta casa como el lugar de las despedidas. Los abuelos, el padre perdido, la madre, ahora Ana, los amigos. Observa a los amigos y hay algo allí también que se acaba para siempre. No encuentra sentido en insistir cuando solo queda esto que se parece al cariño.

El perro está tirado en la cocina. No ha salido a correr por la playa. No ha visto el mar. Jota Jota dice que se olvidó el cargador del teléfono, Michelle no deja de chatear, Ana observa la escena, mira a Pedro, en su mirada no hay nada. Esta noche, en cualquier momento, le dirán a sus amigos que lo suyo se acabó. Al final de la noche, ella pedirá un taxi, se irá al aeropuerto, empezará lo del anillo, el avión, la vida nueva. Pedro mira a Ana. Siente la sensualidad que emana y desea invitarla al baño, y hacer el amor entre las cuatro paredes, gemir de placer, insaciables, y anotarlo en una lista, una lista que llevaba el nombre de Nick Cave, en la que anotaban cada una de las veces que se encerraban en un baño para desnudarse, lamerse, besarse, como lo habían hecho en distintos restaurantes, ciudades, cumpleaños infantiles, teatros, y en el velorio de la madre de Pedro.

Esa lista morirá entre las cajas, piensa Pedro mientras mira a Ana con un amor que no puede acabar, con un amor que tampoco late ni tiene pulso para sobrevivir a la vida, pero allí está, incólume a su manera, resistiendo a esta noche y a estos años.

La ve con los codos apoyados en la mesa, pasando platos a uno y otro, sirviendo algo en la copa, bebiendo, y de vez en cuando, muy de vez en cuando, mirando a Pedro, con unos ojos tímidos y esquivos, con unos ojos que por no decir, ya no dicen nada. Pedro siente la erección apretando el pantalón. Se levanta intentando disimular y se encierra en el baño. Se masturba con toda la fuerza hasta ver sangre. Acaba y llora, quiere silenciar el llanto y siente que se ahoga. Ve la sangre y el esperma en el suelo. Lo limpia sin cuidado, pasa un poco de Kleenex y lo aplasta con la suela del zapato. Siente el calor intenso que de pronto ocupa toda la casa.

Sube a la planta alta donde el calentador está a máxima potencia. En cualquier momento va a explotar. Baja a la cocina, el perro vomitó y está tirado junto al arroz que le preparó Germán. Pedro lo acaricia, se pone a limpiar la cocina, llega Emma a ayudarlo. Buscan alguna medicina, no encuentran. Le ponen agua fresca y el viejo animal lanza un breve chillido.

Este perro se está muriendo, dice Emma. Vamos a buscar un veterinario. ¿A estas horas? Llama a Mauro, le dice que pare en algún lado y compre antidiarreico para perros o para humanos, que da igual.

¿Estás bien?, le pregunta a Pedro, que aún tiene los cachetes rojos del esfuerzo masturbatorio.

Ana viene a la cocina por más pan, todos están algo borrachos. Pregunta si está todo bien, mira al perro y se abraza a Pedro. Es un abrazo breve, repentino. Pedro huele el sudor de Ana.

Regresan a la mesa, Michelle pregunta a Emma qué trajo de postre, Ana y Pedro están en silencio, Greg vuelve a preguntarle a Jota Jota cuándo saldrá del clóset, Emma pregunta a Greg si recuerda cuando era guerrillero. Todos ríen, nadie responde a los cuestionamientos, hasta que Jota Jota comienza a rememorar lo del atentado. O mejor dicho, el intento de atentado. La otra anécdota que cuentan una y otra vez.

Hace más de veinte años, Greg pertenecía a una ridícula asociación de artistas militantes que tenían como principal objetivo hacer volar el Teatro Nacional. Eran cuatro compañeros, tres músicos y una escultora, que durante tres meses se organizaron como una pandilla armada, velaban por las noches, realizaban reuniones clandestinas en un taller de grabado para llegar a colocar una bomba que iba a estallar en la mismísima puerta del teatro, en el momento exacto en el que todos estaban posando para la foto en la alfombra roja.

A Greg le encanta contar los detalles de aquel momento. Eran las once de la mañana, y aún había unas seis horas más para acabar de definir detalles para la acción, dos de ellos eran los meseros encargados de servir un aperitivo previo. Ellos estarían dentro desde temprano, y son los que llevarían el material. Otro par tendría su labor del otro lado. Uno acreditado como fotógrafo oficial, y él, como parte del elenco. La cosa sería más o menos sencilla: a la hora exacta, que sería siete de la noche según lo planeado, colocarían el artefacto en la puerta principal a la que tenían perfecto acceso, porque allí mismo estaban colocadas el servicio de bebidas para los invitados vips, otro entraría con el elenco principal unos diez o quince minutos después y desfilarían por la alfombra roja, y el último, una vez que transitaran el paso para los demás fotógrafos, los colocaría a la puerta del gran teatro, los haría sonreír, les diría que posen como las estrellas que son, y en ese momento, en ese preciso momento en el que tocan varios botones de la cámara o de los accesorios de flashes, correctores de la iluminación, o de lo que sea, uno de esos botones hará estallar la bomba, una pequeña bomba, a las espaldas de los artistas y a la vista de todos.

La bomba estallaría para asustar, no pasaría de eso, pero la sorpresa mayúscula sería el despliegue de una manta en el fondo que decía *O mia Patria, sì bella e perduta!*, y que sería la comidilla celebrada y aplaudida por todo mundo, que pensó que era parte del montaje de la fiesta de la inauguración o del anuncio de un ciclo de Verdi. Y no un atentado terrorista. Sin embargo, un policía avezado canceló la entrada del público, y finalmente desalojaron el teatro por completo en busca de nuevos artefactos o sorpresas, por qué no verdaderamente más efectivas y violentas que esta. El lugar se llenó de policías y del grupo antiterrorismo. No encontraron nada. Nadie sospechó de Greg, ni del grupo, que siguieron la noche frustrados, como sus carreras artísticas con regular renombre, o, peor aún, como el propio Greg, director, años después, de ese mismo teatro.

17

Hay varias botellas vacías en la cocina. El perro camina un poco más animado por la planta baja de la casa, acaso se siente mejor. En la mesa hay oporto, whisky, vino, resto de merengues de la pavlova, cuatro velas que derriten la cera sobre el mantel. Huele a gas. Jota Jota y Pedro suben a comprobar que los tubos de la calefacción nuevamente están perdiendo. Lo cierran. Bajan con abrigos para todos.

Por la ventana, ve salir a Germán, arrastrando su bastón de hierro.

Suena una canción lenta, y Emma y Jota Jota comienzan a bailar abrazados.

Pedro le pone la bufanda roja a Ana, y de paso acaricia brevemente los hombros. Ana le devuelve la breve caricia sobre los nudillos. Todo dura un segundo eterno, interrumpido por la Pingüina, que dice que hay que preparar las copas para el brindis.

Greg convida del vapeador con th e insiste con los brownies. Llama la atención que te hayas vuelto tan fumeta y tan fascista, le dice Emma. Una de las dos cosas no parecen auténticas. Es verdad, siempre relacioné al fascismo con la cocaína, agrega Jota Jota, ¿un marihuano por qué saldría a matar a alguien, a no ser que tenga hambre? Yo no mato a nadie ni soy fascista, se defiende Greg. Fascista no, *fascista*, lo dice Emma pronunciado en portugués. Allá en Brasil, fascista. Acá marihuano e imbécil.

Ni Emma, ni Jota Jota ni Michelle dejan el teléfono. Emma le indica a Mauro cómo llegar a la casa, el taxi está entrando al pueblo. Michelle sonriente manda textos. Nadie le preguntó quién fue el que la trajo al mar, en ese Mercedes blanco después de su cita en el hotel. Jota Jota revisa a cada momento si su exmujer le responde los insultos que le manda. De vez en cuando también sonríe. Nadie pregunta nada. Pero agradecen saber que todos tienen una vida que no se trajo esta noche a la cena, en este último encuentro de amigos, donde nadie tiene ya nada que decirse. La vida de cada uno se queda fuera.

Ana dice que van a separarse. Lo dice en voz baja, y nadie la oye, excepto Pedro, que está a su lado. Se observan por un segundo. Él le toma la mano.

Veinte años es suficiente. Si hay que seguir a partir de esta noche, será sin el grupo. Ana y Michelle se verán en Los Ángeles. Emma y Jota Jota, Emma y Pedro, Greg solo; ¿y Pedro? Pedro, que después de esta noche en la que Ana tomará un avión, y en la que él deberá regresar el día de su cumpleaños a la casa con el perro y las termitas, a acabar de acomodar las cajas, el edredón, el aro de básquet para la mudanza en un par de semanas, piensa que a estos amigos tampoco volverá a verlos. Al menos así. Este grupo acaba esta noche, porque si el amor dura máximo siete años, para la amistad veinte son más que suficientes.

Los seis se miran, ralentizados por el alcohol y los brownies, se miran con algo de rencor, deteniéndose en el espejo que cada uno es para el otro. Orbitan alrededor del centro de la vida, entre los años pasados y el futuro que se abre a partir de esta noche, que la transitan como se cruza una frontera.

A cierta hora, tal vez a la hora de irse a dormir, o quedar tumbados sobre un sofá o escuchar solo el ruido de las olas en el frío del inverno, esa mezcla de golpeteo violento y el soplido de la brisa, a esa hora, ninguno reconocerá al otro, todos serán extranjeros de su propia existencia.

Ahora lentos, se observan perezosos, pero también con la desesperación de las despedidas. El resto de sus vidas, para cada uno, será un recuerdo.

Solo Emma intentará procurar otro momento como este, pero será imposible. Lo saben todos. Emma, como la acusa Greg, solo quiere agradar y quedar bien con todos a causa de su inseguridad, su ingenuidad y esa manera perdida de hablar con determinación sobre cualquier cosa, darle la razón a todo mundo para no mostrar su falta de talento. Te mueres de miedo de que te rechacen, le dice Greg. El tipo de mujer que todo el tiempo busca aprobación. Insegura y no dejas de hacer chistes. Seguro que cuando estás desnuda frente a un hombre estás llena de odio. Insoportable. ¿Cuándo llega tu Rocco?

Emma lo manda a la mierda. Todos celebran no tener que ver más a Greg.

Michelle se pone de pie, e intenta un discurso en que agradece por poder verlos esta noche para tener la oportunidad de confirmar que no tienen que volver a este sitio, que le da pena verlos así, empantanados en esas vidas donde dejaron escapar los sueños e ilusiones, condenados a las mismas relaciones, las mismas deudas, que se atreven a juzgar la vida de los demás, y ella, dice Michelle, yo, *ma belle*, que ya anduve por medio mundo dejándolos atrás, no olvidándolos solo por decencia, para no ser tan mal educada o apabullarlos con el olvido. No voy a permitir que opinen de mi vida, no es porque acaso no tengan razón, es porque ahora no son nada para mí. Es porque ya no los admiro como los admiré hace veinte años, cuando fundamos todo esto. ¿Qué puedo admirar yo de alguien que no se atrevió a vivir la vida que quería, a jugársela, a hacer los sacrificios que el destino le imponía? Pero mejor brindemos, no hay rencor alguno. Jota Jota, vamos por las copas.

En el momento en el que Jota Jota va a tomar las copas de la cristalera, un fuerte estruendo hace cimbrar la casa. Las copas tiemblan, hacen ruido al chocar unas con otras. Emma grita. Les cuesta ponerse de pie, pero insisten en moverse de la mesa, caminar el comedor sin saber bien qué hacer. Los vidrios de las ventanas se sacuden con violencia, como si la tierra comenzara a abrirse o un viento vigoroso fuera a tumbarlos.

Al poco tiempo, una sirena los aturde a tal punto que deben taparse los oídos. Las sirenas del pueblo suenan despavoridas, como cualquier sirena.

Emma se refugia detrás de Greg, lo abraza. Pedro busca a Ana, que desaparece del comedor. Alcanza a ver que sube las escaleras. Michelle y Jota Jota están en la cocina con las copas en la mano. Jota Jota deja caer una que estalla en el suelo.

Pedro sube a las habitaciones, y no ve a Ana por ninguna parte. La llama, pero ella no responde. La busca en los baños. No está. Baja. No es un tsunami, dice Jota Jota. Cuando es eso, la sirena suena cinco veces: una vez, y se para, otra vez, y se vuelve a parar, y así cinco veces. Luego hace un silencio de unos cuantos segundos, y vuelve a tocar ininterrumpidamente. Ahora es otra cosa.

¿Incendio?

No creo, porque cuando se quema algo la sirena toca tres veces. Es otra cosa.

La sirena continúa, y Jota Jota, Pedro y todos los demás salen al rellano. Se suma el ruido del camión de los bomberos que recorre el pequeño malecón a toda velocidad, junto a dos coches de policías.

Desde el pórtico elevado sobre la playa puede verse todo lo que la oscuridad les permite. La lejanía del mar, el faro que lleva años sin funcionar, las luces de las calles al borde del agua que se extiende a lo largo de unos kilómetros, pero no alcanzan a mostrar lo que ocurre más allá, por lo que los coches parecen internarse en un hoyo negro del que no puede saberse nada.

Jota Jota quiere ir a ver qué pasa, pero Emma grita que nadie se mueva de la casa. Sale al patio, y agarra un fierro que encuentra entre los árboles, para defenderlos de algo, si es necesario.

Las pocas casas habitadas de este pueblo despiertan y vuelven a encender las luces, luego de una rápida y temprana cena de Navidad. Solo los Ruiz tienen la costumbre de esperar a las doce de la noche para celebrar. De la casa de la esquina salen una camioneta y un coche. Un hombre va armado. De la casa de la otra cuadra, también sale un Jeep y acelera por las calles del sur. La curiosidad y la urgencia les hace olvidar el frío de la noche.

Jota Jota borracho insiste en sacar la camioneta, Emma le grita que no lo haga, que nadie se puede ir de esta casa en este momento. Jota Jota se sube a la Nissan, le quita la marcha y se va hacia atrás chocando contra un árbol. Otra vez chocando, dice Greg. Emma les dice que tiene miedo, una sensación conocida, la de estar encerrada contra su voluntad, atrapada en una casa sin poder salir.

Ya ha contado esa sensación, sabe de qué se trata eso de estar encerrados. Ella lo sabe bien. No lo cuenta ahora mismo, todos saben que está pensando en eso cuando llora así y se agita. Mauro no llega. Greg fuma sentado en el sillón principal. Ana y Pedro tenían una libreta en la que anotaban los traumas de cada uno. En las páginas había títulos como El cuerpo, Los padres, La muerte.

Jota Jota vuelve a la escalinata, borracho se deja caer sobre la madera, desde allí pone la alarma de su camioneta, que no reacciona. Todos se detienen ante los gritos de Emma que dice que nadie se puede mover. Pedro está detenido debajo de la puerta. Greg observa todo desde el comedor. Emma da vueltas alrededor de Michelle, se seca el sudor, se aprieta las manos. Están, cada uno a su manera, muy asustados.

Algo pasó: el ruido, el futuro, lo que son ahora. Todos quieren gritar, salir de aquí, escapar, pero son hombres y mujeres adultos. Ningún niño vino esta Navidad. El perro ladra con esfuerzo.

La familia de amigos que logró reunirse aquí esta noche por última vez, es esta, la que ahora está asustada sin saber qué pasa allá afuera, lejos, de donde se oyen coches, sirenas, ruidos. Pedro mira desesperado por todos lados. Ana subió y ahora no baja. ¿Dónde está?

Jota Jota regresa a la cocina por las copas. Las pone en la mesa. Abre la botella de champán y solo sirve la suya. Emma comienza a convulsionar. De su boca sale una espuma que Michelle intenta detener con la mano. Unos breves espasmos la agitan en la silla. Todos se arremolinan a su alrededor para socorrerla. La sacan del comedor, la acuestan sobre la alfombra, le quitan los lentes y el pañuelo del cuello. Pedro le sostiene la cabeza desde el cuello. Emma señala su bolso, del que sacan una pastilla que le dan con un poco de agua. Todos saben qué hacer con Emma en estos casos.

Al cabo de un par de minutos, todo está bien, mientras afuera siguen los movimientos de coches y el ruido de las alarmas. Si observan el camino de la ladera que desciende hacia la cala, pueden ver la fila de coches que en plena noche va camino a la playa.

Entre esos coches, un taxi que trae al novio de Emma. Se lo ve llegar dubitativo y se estaciona. Baja Mauro, con un gran bolso deportivo y pide al chofer que espere que ya van a pagarle.

18

Un paseante perdido en la playa, un hombre caminando la Nochebuena fría de este pueblo silencioso y vacío, se topa con dos montañas sobre la arena. No puede identificar los bultos enormes que están frente sus ojos. Apura el paso cojo, apoyado en su bastón de hierro, y el lomo borroso de una ballena a trescientos metros reluce apenas ante el reflejo de la única estrella que deja traspasar las nubes. Se detiene. Oye, por un momento, un silencio absoluto. Ya no se escuchan las olas golpear impetuosas la costa.

Sigue caminando, y el silencio se desvanece ante un enorme resoplido. No se asusta. Son dos ballenas, ya puede ver que son dos ballenas. Retoma la conciencia del agua del mar que le moja los pies. Las ballenas emiten un ruido cansado, como si todos los asmáticos del mundo respiraran a la vez. Suenan como un motor jadeante, ronco. Un motor de avión, desesperado ante una tormenta sobre el mar. El hombre soba el lomo de una de ellas. Nunca había visto una así, de cuerpo entero y, como si fuera un niño, se asombra de su enorme tamaño.

Extiende los brazos, y apoya todo su cuerpo helado contra la piel rugosa del animal. Siente la agonía, el estrépito insaciable de su respiración. El animal infla y desinfla su inmensidad. Se envanece en su canto de despedida. Se enchina hasta el cielo y luego es puro hueso.

El hombre rodea su cuerpo, recorre pausado, paso a paso, los veinte metros del largo de su cuerpo, no siente el frío de su ropa mojada, ni de los zapatos hundidos en el borde del mar. Oye el poderoso soplido del otro animal. Observa en detalle sus ojos cerrados. Acaricia por última vez su lomo. Se acuesta entre las dos bestias como si abriera un lejano portillo entre dos montañas.

El hombre que no está loco, estira ambos brazos para tocar a las dos a la vez, no lo logra. Respiran al unísono, las bestias y el hombre. Todo, de pronto, es enorme. El hombre observa el cielo, el movimiento de las nubes con forma de tormenta, y recita en voz baja un pasaje de la Biblia que sabe de memoria. Mira a los cielos de esta noche y a las ballenas varadas: Génesis, la creación.

En el principio creó Dios los cielos y la tierra. Luego de muchas cosas, creó Dios las grandes ballenas, y toda cosa viva que anda arrastrando, que las aguas produjeron según su género, y toda ave alada según su especie, y vio Dios que era bueno. Mirando a una, luego a la otra, les dice, con la poca voz que le queda, que Dios solo vio finalizada su creación cuando creó las grandes ballenas.

Cuando llega la policía, delante del camión de bomberos, entre las decenas de coches de vecinos curiosos, encuentran a las dos bestias aún con algo de vida y con cincuenta heridas en los costados del lomo hechos con el bastón. La sangre que emana de ellas se mezcla con el agua salada y baña al viejo Germán, muerto de hipotermia, agarrado aún al hierro clavado en la arena roja, y con su Biblia pequeña sobresaliendo del bolsillo de su pantalón.

Rodeadas de curiosos, y asfixiadas por el peso de sus propios pulmones, las ballenas por fin mueren. De pronto, el silencio. Pueden explotar, alertan los bomberos. Nadie se retira. Llegan más. Traen cuchillos, machetes y lanzas que vierten con violencia inaudita sobre la piel muerta. Abren de par en par. Hunden hasta el fondo, topan con las tripas y los plásticos.

La sangre brota caliente de sus cuerpos, son manantiales.

Hay hombres, mujeres, algunos niños que bailan alrededor del más perfecto invento de Dios, que al crearla, como dijo el hombre de la Biblia que ahora yace en la arena entre el festín, creó también ese punto de inflexión, de detenimiento y de observación. Después de inventar cada una de sus más maravillosas creaciones, las aguas, la luz, los días, creó las ballenas, y con ellas, Dios creó la pausa y el recogimiento para poder observar su obra, y ver que era bueno.

19

Greg paga al chofer que trajo al novio de Emma.

Pedro mira, sin poder hacer nada, que Ana se sube al mismo taxi. El chofer guarda la valija, y ella le pide que la lleve al aeropuerto. Pedro la mira, esperando un último segundo de detenimiento en esta separación. Quiere retrasar lo inevitable. Un segundo o dos le basta. Pero no sabe cómo hacerlo. No puede moverse. Oye a lo lejos, muy lejos, el llanto final de un animal agonizante bajo el cielo sin estrellas. Ya no hay luna, ni el tacto de los dos, buscándose irrefrenable.

Ana no lo mira.

Pedro se pregunta si Adiós es una buena palabra, como dice la canción. El taxi toma el camino hacia la ladera. Lo ve perderse. Pedro tiembla de frío, de amor, de soledad. Solo le queda una cosa: el terrible miedo al amanecer.

Madrugada

20

El olvido siempre ataca por detrás, agazapado sobre el cuello. En silencio, subrepticio, traicionero. Lo que es paz de pronto es guerra. Como los barcos que, en la noche oscura, atisban la lejanía de un continente, duermen temerosos, conocedores del riesgo, pero entregados a la creencia de la tranquilidad y que, de pronto, sin alarma, sin aviso alguno, son abatidos por una masa poderosa que de entre las aguas, aparece como un volcán vivo de carne asesina, y que azota la tripulación.

Así el olvido.

Llega en un momento, probablemente en la noche, a las cuatro de la mañana, tal vez, la hora en la que gritan los desesperados, te golpea, te tumba, te ahoga, y vencido te abandona para aparecer al otro lado, a miles de kilómetros de tu verdadero dolor, nadando en otro océano desconocido.

Te detienes, flotante sobre las olas, observas el sol que interrumpe entre las nubes profundas, oyes el viento que te devolverá a tu lugar.

Nadas, que para eso estas aquí. A esto le dedicaste más de la mitad de tu vida. A nadar. A flotar, a la decadente postura del perrito, a la que sea. Tienes miedo, pero nadas. No sabes, nunca supiste hacer otra cosa.

El golpe certero de la madrugada te reduce a cero, a una boya perdida en la inmensidad del mar, bajo la luz de las estrellas que comienzan a apagarse.

Con la mejor de las suertes te salvas, aunque herido. Cargas los restos como quien carga en los hombros un pesado saco de imprecisiones. Una bolsa de restos de una ballena sangrante, un diente, un pedazo de piel con la que te cubres del invierno.

El viento trae la tempestad, y en la tempestad te pierdes en las palabras que ya no pronunciarás junto a su boca. Caminas, nadas, vives con eso hasta que, como si la vida fuera un libro en capítulos, das vuelta la página y ya no hay vientos ni tempestad, ni tiempo pasado. Lo que se ha marchitado, ha muerto.

Y las estaciones incólumes traen un nuevo viento, una nueva tormenta que todo lo limpia, el cielo diáfano de la libertad.

Como el amor, que en circunstancias similares te obliga a ser otro, a morir y resucitar. Un día, te haces otro con alguien, se miran, se aman bajo la lluvia, pero a la madrugada siguiente, llega el fin como un monstruo y todo naufraga.

Hay tantas cosas que no se han dicho. Aún hay tiempo. Siempre hay tiempo, pero el problema no es ese. El problema es que ya no valdrá la pena.

Pedro regresa a la casa vacía. Sin Ana, pero con cajas, con las cosas inasibles del amor. Sin el perro. Están sus vómitos y heces con sangre. Qué clase de bichos son los que pululan, se pregunta, son blancos, blancos entre el marrón de la caca que es caca marrón pero también es roja. Y el olor. Huele. No necesita hacer esfuerzo alguno. Basta con respirar y se te impregna por todos lados. Sube las escaleras y entra a la habitación. Se tira vencido y duerme.

Pedro sueña una discusión, discute con Marciano, con la madre de Pedro, con su propia madre, que le ha regalado la casa del mar. Sueña un verso, que es un recuerdo de un libro que leyó con Ana: La pelea fue dura. En la memoria es un instante, un solo inmóvil resplandor, un vértigo.

De todas las maneras que el tiempo tiene para regresar, la peor, sin dudas, es la manera de reproche de cosas de años atrás. Sueña un viaje en moto, cuando la cruza en plena calle. Ella va manejando su coche con los vidrios cerrados. Otra vez hace frío. Se vieron pero disimularon los cincuenta segundos que el semáforo en rojo los tuvo al lado, en medio del tráfico. A doscientos metros, otro semáforo los volvió a detener, pero esta vez, Pedro eligió irse por la derecha y acelerar sin que hubiera ninguna posibilidad de reencontrarse.

Pedro sueña con una lista de Ana: llueve, hay que salir, buscar el pantalón en la tintorería, comprar comida para el perro, este vestido me hace gorda, quiero un gato, pagar el gas, odio los gatos, enfriar el champán, odio que Pedro fume, cambiar los jazmines de la sala, usar menos el teléfono.

A la hora en la que despiertan los suicidas, Ana duerme y Pedro la abraza. Le da la espalda y piensa que ahora, otra vez, es la última vez que hacen el amor, que duermen juntos, que se abrazan. Mañana cada quien tomará sus cosas y se irá. Como hace diez años, cuando cumplió los cuarenta sin ella.

Como aquella noche en la casa del mar.

Volverá el olvido a devorarlos, como una orca asesina. Pedro tomará un avión, regresará a la casa del mar, donde lo espera la esposa, los hijos. Ana volverá a su hotel, frente al teatro donde ponen en grande su nombre en la marquesina. Pedro ya no tendrá que volver a cerrar los postigos y las ventanas. A entregar la casa. Sacar las últimas cajas. Apagar las luces y entregar las llaves a ninguna inmobiliaria.

Ya no será el último en salir. El que debe enterrar al perro. En un momento, tal vez vuelvan a hacer el amor, a amarse furtivos contra la melancolía. No se permitirán imaginar ni un segundo la idea de llorar o de pensar en cómo será, otra vez, la vida separados. O tal vez ya no se abracen y se irán, ahora sí, felices para siempre. Esta es la hora en la que todo lo desconocemos.

Es la hora en la que los suicidas toman la decisión de seguir viviendo. O no. Es la hora del renacimiento. Pedro observa a Ana dormida, la besa, ella se da vuelta, se abrazan y vuelven a amarse. Cuando los cuerpos se separan, todo acaba de nuevo.

Otra vez, se despiden para siempre. Una vez más. Se miran y se tocan. Son nuevos, ignorantes, vírgenes. No conocen el lugar ni el espacio que los acoge. No hay verdad alguna.

La única certeza que tienen es cuando miran atrás en la tibieza de noche, en estos diez años sin saber el uno del otro, en el amanecer como consuelo y amenaza, en aquellos años juntos de la mano, siempre de la mano, bajo el cielo de la juventud.

Lo único que tiene un atisbo de verdad es la respuesta a la pregunta de Ana:

¿Valió la pena?

Valió la pena.

Índice

Mañana

Tarde

Noche

MADRUGADA

Los lugares verdaderos de Gastón García Marinozzi
se terminó de imprimir en marzo de 2022
en los talleres de
Litográfica Ingramex, S.A. de C.V.
Centeno 162-1, Col. Granjas Esmeralda, C.P. 09810
Ciudad de México.